光文社文庫

明日になったら
一年四組の窓から

あさのあつこ

KOBUNSHA

光 文 社

「明日になったら　一年四組の窓から」

目次

桜吹雪の下で

1

風が吹く。

満開の桜の枝がさわさわと揺れる。

無数の花びらが散って行く。風と戯《たわむ》れているかのように花びらは高く舞い上がり、どこか遠くに消えてしまう。花も風も空に吸い込まれてしまう。そんな錯覚にさえ陥《おちい》る風景だ。

「ほんと、嫌になっちゃうよ」

竹ぼうきを左右に動かしながら、里館美穂《さとだてみほ》が唇を尖《とが》らせた。さっきから何度も尖らせている。

「掃いても掃いても、きりないでしょ、これ。この時季の外掃除ってほんと最悪。マジ、うざいし」

「そうかな。あたし、外掃除って案外、好きだよ」

杏里《あんり》は答え、花びらを掃き集める。一枚一枚は白く透《す》けるほど薄いのに、集まるとほんのりとピンク色になる。

芦藁《あしわら》第一中学校の校内には桜の木が多い。校門の両脇《りようわき》にも駐輪場の後ろにも、中庭にも植わっている。校庭の西側を縁取るように桜並木が続いてもいる。花の盛り、小高い丘の上に立つ校舎は桜に埋もれているようだ。教室の隅々まで、微《かす》かな甘い香りが漂っているし、うっかり窓を開ければ、風と一緒に無数の花びらが舞い込んでくる。

杏里は掃除の手をとめ、桜を見上げた。碧く晴れ上がった空を背景に満開の桜が輝いている。

何て美しいのだろう。

ため息が出そうだ。

市居《いちい》くんなら、この桜を描《か》きたいって思うのかな。

いつの間にか、市居一真《かずま》のことを考えていた。考えていた自分が恥《は》ずかしくなる。火照《ほて》った頬《ほお》を美穂に見られたくなくて、杏里はさらに顔を上に向けた。

「去年も思ったけど、ここの桜ってほんとにすごいよね。それに、四月の学校行事にお花見ってあるでしょ。去年、ものすごくびっくりしちゃった」

「え？ そうかな。よその中学って、お花見しないの？」

「うん。たぶんしないと思うよ。あんまり聞いたことないもの」

美穂がくるりと黒目を動かした。

「そっかあ。あたしなんか、芦藁生まれの芦藁育ちでさ。母さんも父さんも、芦藁一中出身でさ、ここより他の中学校知らないからなあ。これが当たり前だって、思っちゃってたなあ。やっぱ、杏里みたいに外の世界を知ってると、違うよねえ」

「やだなあ、もう。外の世界って何よ。美穂ちゃん、おおげさすぎ」

「だって、ほんとに、そう思うんだもの。杏里と話をしてるとさ、あっそういう考え方できるんだとか、そんな見方ができるんだとか気が付いて……えっと、ほら、あれだよ。目から落ちるの」

「目から鱗《うろこ》？」

「それそれ、目から鱗って感じなんだよね。頭の中でカチカチに固まっていたことが、すっと溶けていく感じ。だからさ……」

美穂は少し口ごもり、唇を結んだまま、散り落ちてきた花びらを手のひらで受け止める。それを握り込み、杏里に顔を向けた。

「だからさ、杏里が転校してきてくれたの、あたしにとっては、すっごい幸せ。ほんと幸せなんだよ」

「美穂ちゃん……」

「あはっ。何か、また、告《こく》っちゃいましたかね」

照れたのだろう、美穂は勢いよく、花びらを掃き集め始めた。杏里はほうきの柄を強く握る。

美穂の告白が嬉しかった。

同性であっても異性であっても、『あなたが好きです』という告白は、心をときめかせる。自分が誰かを幸福にしているという思いは、杏里自身を幸福にしてくれる。

「美穂ちゃん、ありがとう」

「え？　何か言った」

本当に聞こえなかったのか、惚けているのか、美穂はせっせとほうきを動かしている。そして、

「何とかしてほしいよ。この桜。春は花びら、夏は毛虫、秋は落ち葉でさ。掃除当番泣かせなんだから」

と、わざとらしく文句を言い募った。

「だけど、見事な桜だよ。学校が桜でいっぱいなんて、ちょっとすてきだけどなあ。昔っから、こんなに桜だらけだったの？」

杏里は一年生の二学期に、芦藁に転校してきた。それまで通っていた私立の中学は都市のほぼ中央に位置していて、桜どころか花の咲く木は一本もなかった。むろん、花見という行事はない。

美穂は手をとめ、二度、かぶりを振った。

「昔からじゃなくてね……、えっと、あたしの聞いたところによると、五代目か六代目の校長先生が、ものすごい桜好きでさ、赴任してきてすぐに、校内中にせっせと桜を植えて回ったんだって」

「へぇ、桜が好きな校長先生か。そういうの、いいね。きっとすごく優しい先生だったんだろうな」

杏里がうなずくと、美穂はにやりと笑った。ほんとうに、にやりという感じで、唇の端がきゅっと吊りあがる。

「それがね……違ったんだよ」

「え？　違うって？」

「そう、違うの。その校長先生、鬼みたいに厳しくてさ、校則を守らなかったり、先生に逆《さか》らったりした生徒には、それは、それはひどい罰を与えたわけよ」

「ひどい罰？」

「そう、ムチで肌が裂けるほど打ったり、下着だけでグラウンドを倒れるまで走らせたり、真冬なのに頭から水を何杯もぶっかけたりしたらしいよ。罰を受けた生徒の中には、あまりの厳しさのせいで死んじゃった子もいたぐらいで」

「死んだ？　まさか、そんなの大問題になっちゃうじゃない」

「今はね。でも昔はそういうとこユルかったんだ。だけど、校長先生、死んだ子たちの幽霊に祟《たた》られて、ある日、桜の木の下で冷たくなっていたんだって。はい、お終《しま》い」

「もう、美穂ちゃん。話、作らないでよ」

「ふふ。けど、おもしろかったでしょ」

「うーん、それほどでもないかな。途中で先が読めちゃったもの。いまいち、ひねりが足らないって感じ」

「うわっ、杏里、そこまで言うか」

美穂が声を上げて笑った。杏里も笑う。

「けどさ、三年になっても同じクラスになれたの、まさに幸運だったね。あたし、始業式の日、クラス編成の発表見て、思わずガッツポーズしちゃったよ。こんなふうに。再現フィルムスタート」

美穂はそう言って、こぶしを高く突き上げた。

「だね。担任も舟木《ふなき》先生だし。三年二組、けっこういいかも」

三年二組。それが杏里と美穂の新しいクラスだ。市居一真と前畑久邦《まえはたひさくに》は隣の三組になっていた。

美穂、一真、久邦。

この三人に出逢えたことは美穂の言葉を借りれば、杏里にとって「すっごい幸せ」だった。三人といると楽しい。疲れないのだ。話題を合わさなければならないとか、空気を読まなきゃとか、心に思ったこと感じたことをそのまま口に出さないよう気を付けるとか、そういう気配りをいっさいしないですむ。嫌なものは嫌、辛《つら》いことは辛い、楽しければ楽しいと素直に口にできる。もちろん、知らぬ間に相手を傷つけていたことも、ぎくしゃくしたこともあった。その度に、なんとかちゃんと乗り越えてきた。それは、杏里にとって三人が、かけがえのない友だちだからだ。心から失いたくないと感じる相手だからだ。

守りたいのだ。

三人といっしょにいる時間を守りたい。

それはお互いの顔色を見ることでも、遠慮して言いたいことを我慢することでもない。互いを気遣いながら、自分の思いを言葉にしていくことだ。自分の思いを伝えること、相手の思いに耳をかたむけること、それが、守るということだ。

違うだろうか。

もしかしたら間違っているかもしれない。杏里一人が勝手な思い込みをしているだけかもしれない。

以前は、それがとても怖かった。思い違いをすることや友だちと心がすれ違うことが怖くてたまらなかった。「アンって、ちょっと考えすぎだよね」「そうそう、もうちょっと気楽にいこうよ」と言われる、身が竦む気がした。

今は間違ってもいいと思える。他人とずれていても、違っていても自分が感じ、思い、考えたことなら、怖《おそ》れずに口にしてみようと思う。そう思えると、息が楽になる。胸が広がって新鮮な空気がたっぷり入り込んでくるようだった。

「ねえ、杏里」

「うん?」

「カズの絵の方、どう?」

「うん。どうかな」

言葉をにごす。一真は美術部に属し、将来も絵の道に進みたいという夢をもっている。どういう形でも一生、絵を描き続けたいと。

すごいなと感嘆する。まだ、十五歳にもなっていないのに、一生を賭けるだけの道が見えているなんて、すごい。一見、優しげな風貌の一真の中に、強《きょう》靭《じん》でしたたかな意志があるのだ。杏里にとって、その意志はとても眩《まぶ》しいものだった。

ただ、このごろ一真はスランプのようだ。杏里をモデルに描いている人物画がなかなか、思うように進まないらしい。

放課後、一真から頼まれれば、よほどの用事がない限り一年四組の教室――空き教室で、資材置き場のようになっている。一真と最初に出逢ったのもこの教室だった――で、モデルになると約束していたし、モデルにもなってきた。

でも、このところ、一真は何も言ってこない。

「なんだか、自分の描きたいものと描いた作品が、全然、別のものになっちゃうんだよな」

この前、ため息交じりに呟《つぶや》いていた。

「そのくせ、自分がどんな絵を描きたいのか、わかってないんだ。これじゃ、何にも描けないの当たり前か」

少し自嘲《じちよう》気味の口調が気にかかったけれど、杏里には何も言えなかった。一真は授業や趣味でなく、真剣に絵を描こうとしている。真剣に絵を描く。それがどういうことなのかわからない。だから、安易な励ましも気休めも口にできるわけがなかった。

「カズ、何だかぼんやりしてるもんね。つーか、ちょっとイタイつーか、暗いつーか、困ったもんだ」

美穂が冗談めかしてそう言った。冗談めかしているけれど、本気で心配している。

「あーいう芸術家キャラって、落ち込むと長引くんだよね。あ、くっくっくっしゅん」

美穂がかわいいくしゃみをした。花びらが鼻に入り込んだらしい。髪にも肩にも白い花びらが、模様のように散っていた。杏里は両方の手をぴしゃりと打ち合わせた。

「ねえ、お花見しようか」

「お花見？」

「四人でお花見に行こうよ。今度の日曜日」

「あ、それ、いいかも。カズを無理やりでも引っ張り出して、ね」

美穂がまた、にやりと笑った。

風が吹いて、桜が散り、二人を花吹雪《はなふぶき》が包んだ。

2

一真は《かずま》ベッドに横たわり、息を吐《つ》いた。

今日、何度目のため息だろう。

今日だけじゃない。このところ、毎日、ため息ばかり吐いている。

「一真、おまえさ、このごろ暗くね?」

昨日、クラスメートの一人に言われた。高木《たかぎ》将太《しょうた》という少年で、一年生のときも同じクラスだった。

「おれが? そんなことないだろう」

「そんなこと、あるある。何か、悩める中学生って感じがモロ出てるぞ」

「高木の気のせいじゃないの。おれ、別に暗くなることなんてないから」

と、とぼけたけれど心の内では慌《あわ》てていた。

他人から指摘されるほど、思い悩んだ顔をしていたのだろうか。気が付かなかったな。

目立たぬように、そっと頬をなでてみる。

黙り込んでいたり、笑わなかったり、暗い目をしていたり……陰の気配を漂わせる者は嫌われる。みんな、陰気な者や話は疎《うと》んじる。もう中三だ。自分たちを取り巻く世界が光あふれたものではないと、未来がただ輝かしいだけじゃないと知っている。

具体的な困難や苦しみには、まだ思い及ばない。だからこそ、将来に横たわる漠然とした不安を感じてしまう。中学生だから、子どもだから暢気《のんき》に生きているわけじゃない。

そんな思いの裏で、未来を信じたい心も息づいている。見通せない未来だからこそ、すばらしいことが待っている。

夢が叶《かな》い、想いが実る。

おれたちのこれからって、何が起こるかわかんないだろう。予測できないってのは、希望てんこ盛りってことでもあるよな。

そうこぶしを突き上げたい衝動と、不安に潰《つぶ》されそうになる一瞬。二つの間で心はいつも、惑ってしまう。止まらないブランコのように、ゆらゆらと揺れ続ける。

心が揺れるのは、けっこう辛い。身体の不調やケガは、「辛い」「痛い」「苦しい」と訴えられるが、心の揺れはそうはいかない。口になんか出せない。

大人にはもちろん、友だちにだって、なかなかさらけ出せるものじゃない。だからだろうか、一真の周りの誰もが他人の〝暗い雰囲気〟を嫌う。自分の内側にある暗みを、見てしまうからだ。

「おまえさ、このごろ暗くね」の一言は、非難の一言でもある。おれたちの前で、暗い顔なんてするなよ。うっとうしい。

そんな気持ちが張り付いているのだ。

一真もそうだった。

ぐじぐじと悩んでいるやつをうっとうしいと思ったし、「そんな暗い顔すんなって。こっちまで気ぃ滅入《めい》っちゃうぜ」と、少し責める口調になったこともある。

けれど、悩んだり、惑ったり、思いに沈んだりするのは、そんなに悪いことだろうか。確かに、他人のものでも自分のものでも、暗い表情はうっとうしい。ことさら悩むふりをするなんて、愚かだと思う。でも、どんな人だって、心の内に暗みを抱えている。それを悩みと呼ぶのか、ストレスと名付けるのか、もっと別の名前があるのかわからないけれど、それをうっとうしいもの、かっこ悪いものと一言で排除してしまっていいのだろうか。

一真は今、自分が抱えているこの感情を簡単に切り捨てられなかった。

切り捨てて、表面だけで明るく楽しく振る舞うなんて、無理だ。

そんなふうに、感じてしまう。

ベッドから起き上がり、背伸びをしてみる。

気が付かないうちに縮こまっていたのか、背中の筋肉を何度か伸ばす。思いのほか、身体がすっきりと軽くなった。

久邦じゃないけど、ちょっと走ってみるかな。

五月にある市の陸上競技大会に向けて、久邦は猛練習の毎日だった。この大会で上位の成績を収めた者は県大会出場の権利を手に入れられる。逆に言えば記録が振るわなければ、出場の道が閉ざされるわけだ。それは、三年生の久邦にとって、中学陸上から引退するということだった。

「もうちょっと、走っていたいんだよな」

この前、久邦が珍しくしんみりと呟いた。

「だって、おまえ、高校になっても陸上やるってはりきってたじゃないかよ」

久邦の口調があんまり生真面目《きまじめ》で寂しそうだったから、つい、その顔を覗《のぞ》き込んでしまった。

「それとも高校生になったら何か別のこと、やるつもりなのか」

「まさか。おれ、ずっと陸上は続ける。何てったって、目標は箱根《はこね》だかんね」

「だったら……」

「いや、けどさ、やっぱ中学の陸上と別れるのって辛い……。辛いっつーのは、ちょっとおおげさだけど、寂しいみたいな気分にはなっちまうよ。おれは、やるよ。高校に行ったって走るよ。けど、うーん、だから、おれたち今十四歳だろう」

「今年には、十五になるけどな」

久邦が急に年齢を持ち出したのに、一真はちょっと戸惑い、首を傾《かし》げた。

「そう、今十四歳で、今年は十五になる。つまりだ、十四の走り、十五の走りってのは、今しかできないわけよ。記録だけでいうとな、高校生の方がずっと上なんだけど……。なんか、今のおれしかできない走りみたいなの、あるような気がすんだよな。今度の大会で負けちゃうと、今のおれしかできない走りと別れなきゃならないわけだろ。一応、三年生、引退って決められてるんだから。そういうの、なんか……うーん、なんか、寂しいっぽいんだよな。だから、県大会、出てぇんだよな。もうちょい、走っていたいんだ」

久邦がぼそぼそと語る。

一真は黙って、耳を傾けていた。

久邦の言うことに納得できるようにも、まるで理解できないようにも感じる。ただ、

「今の自分にしかできない走りと別れたくない」

その一言は、胸に響いた。一真には〝走る〟ということが、どういうものなのか、そこに、どんな喜びや苦しみがあるのか、まるで見当がつかない。

それでも、胸に響いた。

今の自分にしかできない走りと別れたくない。

今の自分しかできない走りがあるのだ。

その走りを最高のものにするために、久邦は毎日、努力している。

もう一度、背伸びしてみる。やはり、気持ちがいい。ついでに首を大きく回してみる。

首といっしょに視線もぐるりと回った。

スケッチブックが見える。机の上に放り出したままだ。艶《つや》のあるすべすべした青い表紙だ。中には何枚かのスケッチが描かれている。全《すべ》て、杏里の横顔だ。

一年四組の教室。その窓辺に座った杏里をスケッチした。その内から気にいったものを選び出し、同じポーズでカンバスに写しとろう。一真はそんなふうに考えていた。軽く考えていたつもりはない。久邦が走ることと懸命に取り組んでいるように、一真だって真剣に描くことに向き合っている。

自負はある。

本気に、真剣に向き合っているのだという自負だ。

だけど、描けない。

描いても描いても、何か違うのだ。違うとわかっているのに、何が違うのかがまるでつかめない。

描けない。

一真は焦った。焦ってさらに何枚も描いたけれど、描けば描くほど、本当に描きたいものから遠ざかって行く。

焦った。じたばたともがいた。そして結局、どうしていいか、わからなくなってしまった。描くことを軽く考えていたわけではない。決して、決して、ない。上手く描こうと力んでもいなかった。自分の能力に驕っていたわけでもない。それほど、傲慢《ごうまん》ではなかった。

描けない。どうしても描けない。ちっとも描けない。

杏里はいつでも、モデルになってくれた。文句も言わず、長時間、同じ姿勢で座っていてくれる。

一真には何のお礼もできなかった。申し訳ないと思う。だからこそ、ちゃんと自分の得心《とくしん》のいく作品を描き上げたかった。

今の自分にしかできない走りというものがあるのなら、今の自分にしか描けない作品だってあるはずだ。技術的には未熟でも、十四歳の自分にしか描けない絵があるはずだ。

そういう絵を描きたい。

そういう杏里を描きたい。

強く思う。思えば思うほど、描けなくなる。スケッチした杏里の顔は見たままを写しとっただけの、つまらない素描だった。これにどんな色を塗ったって、どんな線を描き足したって、生き生きと美しい少女になるはずがない。

このところ、一真はカンバスに向かい合うどころか、スケッチブックを開いてさえいない。開くことができないのだ。

ため息が出る。

おれ、なにやってんだろうな。

自分で自分を嘲笑《あざわら》っていた。なんだか、ものすごく情けない。

父とぶつかり、自分の夢を語り、自分で選びとった道を進んでいきたいと宣言した。

あのときの高揚感はどこにいったのだろう?

もしかしておれ、親父に反抗してただけじゃないのか。親父が絵を描くことに反対したから、意地になっていただけじゃないのか。それに、もしかしたら……もしかしたら……。

一真は口の中の唾をのみくだした。喉の奥がちりりと痛い。

おれ、井嶋《いじま》のことが好きで……。本当は絵を描くことより、井嶋といっしょにいたくて……いっしょにいたかっただけじゃないのか。いっしょにいる口実が欲しかっただけじゃないのか。

杏里の横顔が浮かんだ。

一年四組の窓から外を見ている。ぼんやりしているようで、確かな意志を秘めた瞳、頰にかかる髪、仄《ほの》かに桜色をした唇。

全身がかっと熱くなる。

もしそうだとしたら、おれは、ほんとうは絵なんか描きたくなくて、ただ、井嶋が……。

携帯が鳴った。

昔、流行《はや》ったバラードだ。友人たちは次々と新しい曲を着メロに選んでいくけれど、一真はこの一曲だけをずっと使っていた。一真よりずっと年上の女性歌手が歌う曲は、なぜか、大きな河を連想させる。ゆったりと流れながら、微《かす》かな哀《かな》しみをにじませた歌だ。

「もしもし」

「あっ、カズ。あたし」

美穂の声が響いた。

ほんと、いつも元気なやつだな。

「ちょっと提案があるんだけどさ」

「提案？」

「そうそう。あっ、ちょっと待って。代わるから」

ごそごそと雑音が聞こえ、小さな息の音が聞こえた。

「もしもし……市居くん」

杏里が一真を呼ぶ。

風の音もいっしょに聞こえた。

3

桜はまだ満開になっていなかった。

満開の一歩手前、いや、二歩も三歩も手前だ。七分咲きとでも言うのだろうか。

大樹だった。

一本だけ、堂々とそびえている。

杏里がせいいっぱい手を回しても半分も届かない。

「すごい樹だね」

見上げて、誰に言うともなく呟いていた。

「けど、地味でしょ」

美穂が青いビニールシートを広げながら、笑う。

「山桜だからさ。ほんと、地味なんだよねぇ。満開になるのも、ガッコの桜よりずーっと遅いしさ」

そう言われれば、学校の桜に比べ花の色が白っぽくて、一回り小さい。既に葉っぱが伸びているので、花で埋まっているという感じもしない。でも、その分、すくりと真っ直ぐに立つ姿が目立って、かっこいい。

実にかっこいい。

「杏里、えらく気に入ったみたいだね」

「うん。あたし、桜ってみんな同じかと思ってたんだけど、違うんだね」

「だね。学校の桜だって一本一本、ビミョーに違うしね」

「ビミョーに違う？」

美穂は顔を上げると、人差し指をくるくると回して見せた。

「違うでしょ。やたら花をいっぱいつけてるのも、それほどじゃないのも、枝が曲がってるのも、真っ直ぐなのも、毛虫がいっぱいわくのも、それぞれだよね」

「それぞれか、ほんとだね」

美穂の言葉がすとんと胸に落ちてくる。

「あたしたちも、かな」

ふっと言葉が口をついた。小さな呟きだったので、美穂の耳には届かなかったらしい。

あたしたちもそれぞれかな。

制服を着て同じように見えるけれど、それぞれが違う。全然、違う。そうなんだろうか。

あたし、何でこんなこと考えてるんだろう。

杏里は山桜の幹にそっと触れてみた。

温かい。

陽《ひ》に温《ぬく》もったせいなのか、生きているからなのか、桜にはほのかな温もりがあった。心地よい。

「あいつら、遅いなぁ」

美穂が眉を顰《ひそ》める。

「うん。来るのかなぁ……」

お花見に行こうと、一真と久邦を誘った。「おっ、いいねえ」と久邦は乗り気だったけれど、一真の返答ははっきりしなかった。杏里と顔を合わせることをさけているような気配さえ感じた。

「だいじょうぶ、だいじょうぶ。おれがカズを引っ張っていくから。現地集合ってことで、一つ、よろしく。あっ弁当、海老《えび》フライとポテトサラダ、必ず入れといてくれよな」

久邦がいつもの調子で請け合ってくれたから、杏里と美穂は一足先にやってきた。しかし、約束の時間が過ぎても二人は現れない。

来ないのかもしれない。

杏里はさっき美穂と上って来た坂道を見やった。道べりにたんぽぽが群れ咲き、白い蝶が何匹も、ふわふわと飛び交っていた。

「けっこう、いけてるお花見スポット、杏里に教えてあげるよ」

美穂がそう言って、連れて来てくれた場所は、芦蕖市の西のはずれにある山の中腹だった。山の名は『白狐山《びゃっこやま》』。大昔、真っ白な毛をした大狐《おおぎつね》が住んでいたとの伝説から付いた名だそうだ。

　頂上まで続く道はない。そのかわり、今、杏里たちのいる中腹の空地までは、車一台ならなんとか通れるほどの山道が繋《つな》がっている。くねくねと曲がる道を二十分ほど歩いて、ここまで上って来たのだ。そして、かっこいい桜の大樹に出会った。

「ここね、戦国時代には山城があったんだって。なんちゃらとかいう一族のお城だったらしいよ。何一族かは知らないけど。それで、そのなんちゃら一族はなんとか一族に滅ぼされて、ここにあったお城も燃えちゃったんだ。そのとき、なんちゃら一族のお姫さまも死んだんだって。自分で喉を突いて」

　美穂があごを上げ、喉元に幻の短剣を突きたてる仕草をする。杏里は、ほんの少しだが背中が寒くなった。

「この桜とそのお姫さま、関係あるの？」

「ううん、全然。けどさ、この話、小さいときに、おばあちゃんから聞いたんだ。おばあちゃん……もう死んじゃったけど、お話が上手でいろんな話を聞かせてくれたの。狐の恩返しとか、河童《かっぱ》のお祭りの話とか。お姫さまの話もその中の一つで」

はらりと桜の花びらが散った。あるかなしかの風にのってふわふわと流れ、柔らかな草の上に落ちる。見回すと、白い花びらが文様《もんよう》のようにあちこちに散っていた。

はらり、はらり……。

音もなく花びらが散っていく。杏里のかぶっている麦わら帽子の上に、美穂の髪に、ビニールシートの片隅に、小さな模様を作っていく。美穂が手を差し出し、一枚の花びらをつかまえた。

「あたし、この桜を見る度に、お姫さまの話を思い出すんだ。どうしてだかわかんないんだけど……、それで、ちょっと泣きそうになったりするんだよね」

「うん……わかる気がする。あたしも今、ふっと思った」

杏里も手を伸ばす。指先をかすめて、花びらは落ちた。

「そのお姫さま、死ななくちゃいけなかったのかなあって。そしたら、少し胸の中がひんやりしたもの」

えっと声をあげて、美穂が杏里を見つめた。杏里が思わず身を引いたほど、まじまじと見つめてくる。

「杏里、ほんとに、ほんとに、そう思う?」

「うっ、うん。思ったよ。ほんとに……」

ほんとに思った。

戦《いくさ》に敗れたからといって姫は死なねばならなかったのだろうか。生き残る方法はなかったのだろうか。死を選ぶのではなく、なんとか生きようと必死に努力すべきだったのではないか。

そんなことを思った。

美穂がきゅっと表情を引き締める。

「あたし、笑われた」

「え？」

「友だちだって思っていた子たちに、お姫さまとこの桜のことを思うと泣きそうになるってこと話したら……笑われた。ばっかじゃないのって言われた。考えすぎとか、変な子とかまで言われちゃって……」

「美穂ちゃん」

「あたし……それから、他人と話するの怖くなっちゃって……。怖いってこと感付かれたくなくて、無理にはしゃいだりして。それで、スカートのこととか……相手の気を悪くさせちゃうようなこと言っちゃったりして……、みんなから、ますます変人あつかいされて……あたし、すごく疲れちゃってた。ほんとはね、ここに来るのも久しぶりなんだ。ずっと桜なんか見たくなかった。けど、杏里にこの桜、見せたいって思っちゃったから……。なんか、杏里と桜見てたら、いつの間にか、しゃべってたよ。おばあちゃんに聞いた昔話」

「うん」

美穂は両手を天に突き上げ、大きく伸びをした。

「あーぁ、あたし何を縮こまってたんだろ。いいじゃんねえ。自分のしゃべりたいことしゃべれば。笑うやつもいるけど、ちゃんと聞いてくれる人もいるんだもの。そんなのしゃべってみなきゃ、わかんないもんねえ」

「うん。そうだよね」

縮こまる前に、笑われるのを怖れる前に、誰もわかってくれないと口をつぐむ前に、しゃべってみよう。言葉にすれば誰かに伝わるかもしれない。思いもかけない人に届くかもしれない。

そう信じることは、自分の明日を信じることだ。

風が吹いた。

ざわざわと桜の枝が揺れる。花びらがさらに散る。

「あっ」

帽子が風にさらわれた。ふわりと生き物のように舞いあがる。そのまま桜の樹の真ん中辺りに、引っ掛かる。

「あっ、どうしよう」

「うわっ、やばいね。えらく上の方に引っ掛かっちゃったよ」

「お姫さまの呪いかなぁ」

「杏里、それはちょっとないんじゃない」

大樹を見上げ、ため息をついたとき、声が聞こえた。

「おまたせーっ。おれたちの弁当、無事かーっ」

久邦が手を振りながら、近づいてきた。その後ろに一真もいる。

「ヒサ、幼稚園児みたいになってるぞ。弁当、弁当って騒ぐなって」

苦笑いしながら、久邦の肩をつついている。

市居くん、来てくれたんだ。それに、笑ってる。

何となくほっとする。

「二人とも遅すぎ。ちゃんと飲み物、持ってきた？　きみたちは飲み物係なんだからね」

美穂が腰に手をあて、わざとらしく眉間《みけん》に皺《しわ》を寄せた。

「わかってるって。お茶にジュースにミネラルウォーター。けっこう重かったぞ、これ」

「うわっ、やだ。果汁百パーセントじゃないんだ。しかも、オレンジか。あたし、トマトジュースがよかったのに」

「おまえは、健康第一のおばちゃんか。現役中学生がトマトジュースなんて飲むんじゃねえよ」

「ほっといてよ。あたしのトマト好き、知ってるでしょ」

久邦と美穂がいつものように、ぽんぽんとやり取りを始める。一真が、杏里の傍らに立った。

「ちょっと、久しぶり……かな」

「うん。そうだね」

そんなに長い時間、会わなかったわけじゃない。学校では何度もすれ違い、一言二言、言葉を交わしたりもした。なのに、もう何か月も一真と離れていたような気がする。

なぜだろう？

「どうした？　何か気になることでも？」

一真が桜を見上げる。

「帽子があそこに、引っ掛かっちゃって……」

「え？　あ、ほんとだ」

「風に飛ばされたの。あっという間だった」

「こりゃあ登るしかないな」

一真は幹に手をかけ登るそぶりを見せる。

「まてまて、木登りならおれにまかせろって」

久邦が一真を押しのけ、桜に飛びついた。そのまま、するすると登っていく。驚くほど身軽だった。あっという間に、帽子の引っ掛かった枝に辿《たど》りついた。

「すごい。前畑くん、猿みたい」

一真がうなずく。

「そうそう。小さいときからヒサは木登り得意なんだ。ほんとに猿なみに、な」

美穂が肩をすぼめ、くすくすと笑った。

「顔も猿なみだけどね」

久邦は帽子をつかむと、「ほい」と放り投げる。白い造花のついた麦わら帽子が杏里の足元に落ちてくる。たくさんの花びらがついていた。

「前畑くん、ありがとう」

「なんのこれしき、おやすいご用でござるでござる」

「さすが、芦藁第一中のボス猿」

「うっきーっ、美穂、猿とはなんだ、猿とは」

久邦が両手をあげて、頬を膨らませる。とたん、ぼきりと重い音がして、桜の枝が根本から折れた。葉と花びらが一斉に散る。

杏里は悲鳴をあげた。

4

桜の花びらが散る。

折れた枝が皮一枚残して垂れさがる。

久邦が落ちてくる。

ゆっくりと、ゆっくりと。

実際にはほんの一秒か二秒だったろう。それが一真には、スローモーションのように見えた。

ゆっくりと、ゆっくりと。

「ヒサ！」

自分の叫びが耳の中でわんわんと響く。

一真は地を蹴《け》って、飛び出していた。自分が何をしているのか、何をしようとしているのか考えられない。

頭の中は真っ白だ。

身体だけが動く。

「ヒサ！」

久邦に向かって両手を広げる。

桜の花びらが一ひら、目の前を過ぎて行った。

どんっ。

衝撃が来た。

一瞬、息が詰まる。周りの風景が掻き消え、真っ暗になる。

あ、停電だ。

ふっとそんなことを思った。

漆黒《しっこく》の世界に火花が弾ける。

赤、紅、橙《だいだい》、青、黄色……。

さまざまな色が弾け、飛び散る。

花火だ。なんて、きれいなんだ。

なんて、きれい……。

一真の意識はそこで途切れた。全てがすっと闇《やみ》に閉ざされていく。


杏里が立っていた。

浴衣《ゆかた》を着ている。去年の夏、みんなで夏祭りに行ったとき着ていたものだ。

薄青の地に白い朝顔が描かれていた。髪を一つに結《ゆ》わえてリボンで結んだ杏里を、一真はきれいだと感じた。

制服のときより、ずっと大人びて美しい。

そう思うとなぜか杏里を真っ直ぐに見られなくて、ちゃんと口もきけなくて、久邦や美穂とばかりしゃべっていた。

「カズ、なんか杏里のこと、なにげに無視ってない?」

美穂にずばりと指摘され、ものすごく慌てたのを覚えている。本気で美穂に腹がたったのも覚えている。

杏里はあのときと同じ浴衣姿だ。

「井嶋、何してんだ?」

声をかける。杏里は振り向きもせず、

「花火を見てるの」

と、答えた。

「花火?」

「うん。ここから、こんなにきれいに花火が見えるなんて思わなかったな。ほんとに、きれいだよ」

「ここって……」

一真は辺りを見回し、えっと小さく声をあげていた。

そこは一年四組、あの空き教室だったのだ。

なんで、こんなところで花火見物なんかできるんだ？

「あっ、また上がった。うわっ、すごい。きれい」

杏里がはしゃいだ声を出して、空を指さす。窓から身を乗り出している。ひどく不安定な体勢だった。

「井嶋、危ないぞ」

「危なくなんてないよ。そんなことより市居くんも見てごらんよ。すごい花火だよ。あの絵みたい」

「あの絵？」

「市居くんのお祖父《じい》さんが描いた花火の絵。あの絵にそっくりなの」

何で井嶋があの絵のこと、知ってるんだ？

問おうとした一真の頭上で花火が開いた。杏里の言うとおりだった。あの花火だ。祖父が描いた花火。

空一面を覆うように花びらを広げる火の花だ。ダイナミックで荘厳で華やかで、そのくせ、はかない。

見事な花火だ。

自然にため息がこぼれてしまう。

「市居くん、お祖父さんみたいな絵を描きたいの？」

杏里が問いかけてきた。

「おれ？　いや……そうじゃない。じいちゃんの絵にはすげえ心を動かされたけど、まじですげえって感じたけど……、けど違うんだ。おれ、じいちゃんと同じものを描きたいわけじゃなくて、おれは」

口ごもる。

おれはどんな絵を描きたいのだろう。

「本気で描きたい?」

杏里がさらに問うてくる。まっすぐに一真を見詰めながらの問いかけだった。

「市居くん、本気で絵を描きたいの?」

杏里の眼差しを受け止め、一真はしばらく黙りこんだ。それから、一度だけ深くうなずいた。

「おれ……描きたい」

本気で真剣に描きたい。

おれにしか、市居一真という人間にしか描けない絵を描き上げてみたい。

いつか。

「そうか、よかった。それを聞いて安心しちゃった」

杏里が微笑む。その笑顔がぐらりと揺れた。

え?

杏里の身体が窓から滑り落ちていく。

「危ない！」

一真は杏里をつかもうとした。右腕が動かない。重くて重くてぴくりとも動かない。

杏里の姿が消えた。

花火も消えた。

右腕に激痛が走る。

一真は声にならない声で叫んでいた。


「市居くん」

「カズ、しっかりして」

「おい、一真。一真っ」

呼ばれている。誰だろう。誰が呼んでいるのだろう。

「市居くん」

目が覚めた。まぶたを上げる。光が飛び込んできた。眩しい。

「市居くん、市居くん」

杏里の顔が間近にあった。唇が微かに震えている。

「井嶋……」

「よかった。気が付いたのね。よかった。ほんとによかった」

震える唇から安堵《あんど》のため息がもれた。

「カズ、あたしのことわかる？」

美穂が杏里の横から顔を出した。

「美穂……だろ。わかるさ」

「おれは？　おれのことも、わかるよな」

美穂と杏里の間から覗いた少年を見つめ、一真は首を傾げた。

「誰だったかな」

「は？　カッ、カズ、おれのことわかんないのかよ」

「よく、思い出せない。知ってる気もするけど……」

「おっ、おい。カズ、しっかりしてくれよ。おれだよ、久邦だよ」

ほんとうに狼狽《ろうばい》したのだろう、泣きそうに歪《ゆが》んだ久邦に、一真は笑いかけた。

「冗談だよ。わかるに決まってんだろ」

「ばか、こんなときに冗談なんか言うな。どきどきしちまう」

久邦が、杏里以上に深い息を吐いた。鼻の頭と右頬にガーゼを貼り付けている。頬のものにはうっすらと血がにじんでいた。

「ここは……」

視線を巡らせてみる。ほんの一瞬、一年四組の空き教室ではないかと思った。むろん、そんなはずがなかった。

「病院よ」

杏里が一真の目を覗き込んでくる。

「市居くん、病院に運び込まれたの。あたしたちが救急車呼んで。あっ、樹から落ちた前畑くんを助けようとしたの覚えてる？　受け止めようとしたの」

「あ……うん、何となく」

飛び出したところまでは覚えている。目の前をひらりと一枚、桜の花びらが過《よ》ぎったのも覚えている。

その後は……その後は真っ白だ。いや、真っ黒だ。全てが黒一色に塗りこめられて、まるで記憶がない。

「お前がおれの下敷きになってくれたんだよ。それで、おれ、ケガしなくてすんだんだ」

「地面が柔らかな草地だったからショックが少なくてすんだんだって。落ちるときにヒサがとっさに枝をつかんだのも、ショックを和《やわ》らげる効果があったんだって。だから、まぁ、よかったよ」

久邦と美穂がかわるがわるに説明してくれる。

「今、カズのおばさん、入院手続きに行ってる。帰ってきたら四人そろって大目玉くらうことになりそうだぞ。それだけじゃなくて先生、親父、おふくろ。最低三人からは大説教だね。こっわいぃ～。みんな、覚悟しとこうぜ。南無阿《なむあ》弥陀仏《みだぶつ》南無阿弥陀仏」

「ごめんね、みんな。あたしの帽子のせいで」

杏里の手にはあの白いつば広の帽子が握られていた。

「井嶋のせいじゃないよ」

「そうだよ。杏里は悪くないよ。ヒサが調子に乗りすぎたんだから」

「おれかよ。おい、美穂、おれだけを悪者にして逃げようってんじゃないだろうな」

「あったりぃ。ヒサ、友だち代表でお説教の方、お願いします」

美穂がひょこりと頭を下げる。その仕草がおかしくて、一真は笑ってしまった。とたん、右腕に痛みが走る。

「あ……」

そのときになって初めて一真は右腕の肘《ひじ》から下がギプスで固定されているのに気付いた。

杏里がちらりとギプスを見やった。

「市居くん、右腕を骨折したんだよ」

「骨折」

右腕の骨を折った？

それって、どういうことだ。まさか、腕が動かなくなるなんてこと、絵筆が握れなくなるなんてこと、そんなことないよな。

血の気が引いていくのがわかった。寒い。それなのに、汗が噴き出る。

嫌だ、絵が描けなくなるなんて嫌だ。

「だいじょうぶ」

杏里が言った。強いくっきりとした口調だった。

「一か月もすれば元通りになるって」

杏里の口調も眼差しも真剣だった。一言一言、一真に言い聞かせるように力を込める。

「だいじょうぶ。絵は描けるよ、市居くん」

心底からほっとした。手首から先は動く。そっと指を握りこんでみた。杏里がふっと笑顔になる。

「市居くん、本気で絵が描きたいんだね。本気なんだね」

ああ、確かにそうだ。

一真は杏里の目を見返し、うなずく。

おれ描きたいんだ。描き続けたいんだ。

熱い感情が胸の内を満たす。

一真はもう一度強く、指を握りこんだ。

光に向かって
手を伸ばし

1

階下で何かが壊れる音がした……気がする。

美穂《みほ》は国語の問題集から顔を上げ、耳を澄ませてみた。

何も聞こえない。

「気のせいか」

ほっと息を吐き出す。

物音を気にし、耳を澄ませ、何も聞こえないと小さな吐息をもらす。そんな癖がいつの間にかついていた。

パパ、もういないのになあ。

心の中で呟く。それから思い直して、問題集に目を落とした。

「いつの間にか涙がこぼれていた」という部分から、主人公ミチのどんな心情が読みとれますか。二十字以内で答えなさい。

（　）に当てはまる言葉をそれぞれ漢字二文字で答えなさい。

——部分を全て漢字に直しなさい。

シャープペンを指にはさみ、考える。

いつの間にか涙がこぼれていた。

美穂にも経験がある。泣くつもりはなかったのに、涙が勝手に出て止まらなくなるのだ。

両親の離婚が決まり、父が家を出て行ったときもそうだった。

離婚が決まるずっと前から父と母はよくケンカをしていた。殴ったり、蹴ったりする暴力こそなかったが、言い合いはしょっちゅうだったし、母の泣き声や父のいらだたしげな声が二階のこの部屋まで響いてくることも、よくあった。

だから、母から、「パパとママね、別々に暮らすことにしたの」と、告げられたとき、悲しいとか驚くとかより先にほっとした。

よかった。これでパパとママのケンカを見ないですむ。聞かないですむ。

本心からそう思った。

なのに、父が家を出て行ったとき、涙がこぼれた。

「美穂、悪かったな。ほんとに悪かった」

そう謝られ、大きな手で頭をなでられた。

そのときは腹が立った。

卑怯だよ、パパ。「悪かった」なんて謝るなんて、謝ったままで行っちゃうなんて卑怯だよ。

腹が立って、父を思いっきり睨みつけた。そのつもりだったのに目に力が入らない。頬が気持ち悪いほど熱くなる。

あれ？　と思ったとき、自分が泣いていることに気が付いた。涙が知らない間にこぼれ、流れ、頬を濡らしていた。

もう三年も昔のことだ。

今でもときどき、父に会う。美穂の誕生日とかクリスマスとか父の日とか、年に四度か五度くらいは会うだろうか。母を交えて三人で食事をすることもある。そういうとき、父も母も笑顔で楽しげに話し合い、ときには笑い声をあげたりもするのだ。事情を知らない人が見たら、仲の良い家族が食事をしているとしか思わないだろう。

不思議だ。

パパもママもこんなに仲がいいのに、どうして別れたりしたんだろう。あんなにケンカをしていたのに、どうして笑い合っていられるんだろう。

どうにも不思議で、母に尋ねたことがある。

「そうねえ。どうしてだろう」

母は眉間にうっすらと皺を寄せて、考え込んだ。

「……よく、わからないな。今になってみると、どうしてあんなに怒ったり、怒鳴ったり、いらいらしていたのかしら……。ただね」

母は美穂に向かって、微笑んでみせた。

「パパとママってお互いの間に距離が必要だったのよ。その距離があれば、とっても仲良くつきあえる間柄になれるの」

「距離？」

「ええ、人と人との距離よ」

母はテーブルの上にカップを二つ置いた。美穂の花模様のマグカップと母の白いコーヒーカップだ。そのカップをくっつける。カチンと軽い音がした。

「こんなふうにぴったりくっついている方がいい人たち、そして」

カップを少し離す。

「このくらい離れている方がいい人たちもいる。もっともっと遠く離れている方がいい人たちもいるの。結婚して夫婦になるなら、ぴったりいっしょにいられる人たちでないとだめでしょ。ママとパパはちがったの。いっしょに暮らすより、今みたいに、離れている方がずっといい関係でいられるのよ」

母の話はよく理解できるようでもあり、まったくわからない気もした。

人と人との距離。

それを測り間違えると、大変なことになる。苦しいことになる。辛いことになる。

何となくそんな思いが胸の内でわだかまっていた。だから、中学生になって、ずっと息苦しかったのだと思う。

この人とはどう距離をとればいいのだろう。こんなに、べったりでいいのだろうか。それとも、もうちょっと離れなければならないんだろうか。

友だちといても、ふっとそんなことを考えてしまう。

「美穂って何か変だよね」

「そうそう、付き合い方、わかんなーい」

「ずけずけ言いたいこと言うと思ったらさ、何か、しらっとした顔してあたしたちの話なんか聞いてないって感じでさ、ちょっとムカつくとこあるよね」

仲良しだと思っていた友人たちにそんな陰口を言われていると知ったとき、ああ、あたしは、距離を取り間違えたんだと絶望的な気分になった。なったとたん、頭も身体も重くて重くて身動きできない感覚におそわれた。学校に行くのがおっくうで、息が詰まるような気がした。

杏里に会わなかったら、どうなってたんだろう。

美穂は考える。

夏休み明けの教室で見知らぬ少女が隣席に座っていた。転校生だとすぐにわかった。

優しい顔だな。

それが杏里の第一印象だった。雰囲気が柔らかくて、とても優しそうな少女だと感じたのだ。

この子となら、もしかして、距離なんか気にしないで付き合えるかもしれない。

頭の中で閃《ひらめ》いた。直感というやつだろうか。

美穂の直感は間違っていなかった。杏里は美穂をありのまま受け入れてくれた。美穂があれこれ悩んで距離をとらなくても、すっと傍に寄ってきてくれる。杏里といると、知らない間にいろんなことをしゃべっていた。そうかと思うと、何もしゃべらないまま歩いていても平気だった。気を遣うことがほとんどない。一緒にいて楽しかった。心底から笑うことができた。泣くことができた。きっと、怒ることだってできるだろう。美穂が何かの理由で杏里に腹を立てたとする。その腹立ちを美穂は杏里にぶつけることができる。父と母のようにいがみ合うのではなく、「あたしは杏里のここに、今、怒ってんだ」とちゃんと伝えられると思う。そうしたら、杏里は「そうか、ごめんね」と謝ってくれるかもしれない。「それは、美穂ちゃんの考え違いだよ。あたし、そんなつもりじゃなかったもの」と言い返すかもしれない。どちらにしても、互いの気持ちを伝えられる。それって、すごいことだ。

杏里に会えてよかった。本当によかった。

一真が杏里のことを好きなのは、ずっと前から気が付いていた。

美穂は一真が好きだった。ころころと一緒に遊んでいた幼稚園のころから、ずっと好きだった。だから、一真の杏里への気持ちが痛い。今でも痛い。ひりひりと疼《うず》く。それでも、杏里がいてくれてよかったと、芦藁第一中学に転校してきてくれてよかったと、嘘でも強がりでもなく、そう考えている。

問題集の上にシャープペンを転がす。引き出しから書類を取り出し、じっくり眺めてみる。

来週の三者面談に提出する調査票だ。第一から第三までの志望校名と志望動機を書き込むようになっている。

美穂は第一志望に西堂《せいどう》高校の栄養科を書き込んだ。

母と同じ栄養士になりたいのだ。

昔から料理を作るのは大好きだったし、栄養学にも興味がある。市立病院に栄養士として勤める母が患者さんのために少しでも食べ易い、栄養バランスの良い食事を考案する姿を頼もしいとも、かっこいいとも、すてきだとも感じる。母のようになりたい。心も身体も弱っている人たちを励ます、支える料理を作りたい。

「そんなふうに考えててくれたの……」

美穂の志望動機を聞いて、母は少し涙ぐんだ。

「美穂のこと、辛い目にあわせちゃったから……ママのこと恨んでるかなって、心配になることもあったの。美穂が、ママの仕事をそんなふうに考えててくれたのなら……なんか、ほんとにめちゃくちゃ嬉しいよ。ありがとうね、美穂」

気の強い母が涙を拭きながら、礼を言った。それから、ぐすっと洟《はな》をすすりあげて、問うてきた。

「けど、西堂の栄養科はかなりのレベルよ。あんたの成績でだいじょうぶなの」

「あんまり、だいじょうぶじゃない。今だとぎりってとこ。かなり猛勉強しないと絶対安全圏は無理、無理」

「なに他人事《ひとごと》みたいに言ってんの。わかってんだったら、さっさと勉強しなさい」

ぴしゃりとお尻を叩かれた。

言われなくても、勉強はする。受験勉強なんて大嫌いだけれどしかたない。目標が定まれば、あとはそこを目指して必死に走るだけだ。そして目標があれば、必死に走れるものなのだ。

目標、西堂高校、栄養科。

このところ美穂の成績は上向いてきている。あと一歩だ。

でも……。美穂は問題集を閉じて、ため息を吐いた。

でも、西堂高校に入学が決まれば、杏里とはお別れだ。杏里は芦藁高校を受験すると言っていた。

「あたし、美穂ちゃんみたいにはっきりした目標、まだ、ないんだ。だから、とりあえず芦藁の普通科を受験するつもり……、とりあえずなんて、あんまし使いたくない言葉だけどしょうがないよね。でも、とりあえずから出発して、いつか美穂ちゃんみたいに夢を見つけるね」

と、微笑んでいた。

杏里と別れたくない。でも、西堂高校への入学は夢への一歩でもある。どうしても合格したい。

美穂の胸の内で二つの思いが揺れてぶつかり合っている。

2

コツコツコツ。

机の間を歩く先生のくつ音が、やけに大きく響いてくる。その音が、美穂の横でぴたりと止まった。

「あと、五分です」

低いけれどよく通る声がそう告げた。

え？　あと、五分？　あと、五分しかないの？　そんな……さっき、始まったばかりなのに。

美穂は手元に広げられたテスト用紙を見る。

真っ白だ。

ほとんど何も書かれていない。

やだ、あたし、何をしてるんだろう。

入試なのに。

たいせつな、たいせつな試験なのに。

なんにも書いてない。

美穂はシャープペンを握りしめた。

&%&%（<><$$#

え？　なに？

問題が読めない。答えがわからないのではなく、問題そのものがまるで理解できないのだ。

見たこともない外国語で書かれているようだ。

&%&%（<><……

なにこれ？

コツコツ。
くつ音が響く。
聞こえてくるのはその音だけだ。いや、微かにシャープペンの音がする。
カリカリカリカリ。
カリカリカリカリ。
みんな、答えを書いている。カリカリとシャープペンを走らせている。
戸惑っているのは、美穂だけだ。
「あと、二分」
ええっ？　どうしよう。わからないよ。こんな問題、なんにもわからないよ。
どうしよう。どうしたら、いいの。
美穂はシャープペンをすてて、机の上に突っ伏した。
大声で叫びたい。
助けて、誰か助けてよ。

「あと、一分」

この日のために必死にがんばってきたのに、一生懸命、努力してきたのに。読みたい本も観《み》たいドラマも我慢した。母さんに無理を言って、塾《じゅく》に通わせてもらった。眠たいのをこらえて夜遅くまで勉強してきた。

それなのに、それなのに、入試問題が一問も解けないなんて。

そんなの、そんなのひどいよ。

ああどうしよう。どうしよう。

「はい、ここまで。時間です」

終わったの？ これで、終わっちゃうの？

どうしよう。あたし、入試に失敗しちゃったんだ。どうしよう。

助けてよ。誰か、誰か、助けて。

助けて！

自分の叫びで、目が覚めた。

夢だったんだ……。

美穂はベッドに起き上がり、大きく息を吐いた。

驚くほど大量の汗をかいている。薄い夏用のパジャマが、べたりと背中に張りついていた。

気持ちが悪い。

「ひどい夢、みちゃったな」

声に出して呟いてみる。そうすると、身体が震えるような思いがせり上がってきた。

ほんとうにひどい夢だった。でも、夢でよかった。これが現実だったら……。

ベッドからおり、美穂は窓の近くに寄ってみた。網戸越しに、夜の街を眺めてみる。今は真夜中、午前二時を回ったところだ。芦藁の街は黒い塊になって眠りこけていた。

夏の夜の、湿った風が吹き込んでくる。汗が乾いていく。

芦藁市の街のはずれには、一級河川美馬川《みまがわ》が流れている。夕方から夜半にかけては、涼やかな川風が吹き通った。そのおかげで、芦藁の夏はとてもすごしやすいのだ。もっとも、冬になると凍《い》てつくような風に身体を縮めて歩かなければならないけれど。

「なんで、あんな縁起でもない夢、見たんだろう」

もう一度、声に出してみる。

そんなの、わかってるじゃない。アレのせいでしょ。

答えが返ってきた。美穂自身の声だ。小さな、小さな、自分だけに聞こえる小さな声。

アレのせいでしょ、美穂。

知らず知らず、ため息を吐いていた。

アレは、今、机の一番下の引き出しに入っている。二週間ほど前におこなわれた校内判定試験の結果表だ。夏休みの直前にあった三者面談で渡された。

中身を見たとたん、一瞬だが目眩《めまい》がしたような気がした。

一か月前の試験の結果に比べ、平均点で十点近く下がっている。順位もずいぶんと下がった。


「里館さん、はっきり言うけどね、この時期にこの成績はちょっときついよ」

担任の舟木先生が指の先で軽く机を叩いた。

美穂は黙ってうつむいた。それしか、できなかった。

「里館さんの第一志望は、西堂高校の栄養科だったよね」

「はい」

うーんと、舟木先生が唸《うな》る。

「先生、このままだと西堂はかなり難しいでしょうか」

母が身を乗り出すようにして、尋ねる。

「そうですね。芦藁の地域で栄養科があるのは西堂だけなんですよ。けっこう、受験者数が多く、倍率が高いんです。でも、里館さんはこのところずっと成績は上向いてきてました。本人も、ああがんばってるなってわかるほど、一生懸命努力してましたよね。このままの調子を維持していれば、西堂は合格圏内だなって、わたしは思っていましたし、本人にもそう伝えました。ところが、ここにきて、ちょっと成績が下降気味なんですよ。どの教科が特に悪いっていうんじゃなく、全体的にちょっとずつ下がってるんです」

「……そうですか」

母がため息を吐いた。

「この成績では西堂に合格するの、難しいんですね」

「お母さん。そんな一足飛びに結論を出さないでください。成績というのは波がありますからね。里館さんの場合、ずっとがんばって張り詰めていた気持ちが、少し緩んでしまったのかもしれません。だけど、まだ、時間はあります。

この夏休みをどうすごすかで、ずいぶん違ってきますよ」

舟木先生の顔と視線が、美穂に向けられる。

「ね、里館さん、夏休みが勝負だからね。たいへんなのは受験生みんなだから。自分に負けないで、しっかり、やってちょうだい。もうひとがんばりだからね。あっ、だけど無理しちゃだめだよ。身体をこわしたら元も子もないから」

「はい」

そう答えるのがやっとだった。

泣きそうだった。確かに、このところずっと上向きだった成績が頭打ちというか、足踏みをしていた。

美穂は錆《さ》びた自転車に乗って、急な坂道を登っているような気分になってしまう。力の限りこいでもこいでも、なかなか前に進んでくれないのだ。

もしかしたら、これがスランプ？

自分からどんどん自信が奪われていくようで、怖かった。二度と立ち直れない気さえする。

あたし、西堂、落ちちゃうかもしれない。

そう考えるだけで身がすくんだ。

「この時期、成績が落ちる子、けっこういるんです。みんな、それぞれに悩んだり、考え込んだりしちゃう時期なんですよ。たとえば、仲の良い友だちと離れ離れになってしまうって考えるだけで、中学生にとってはたいへんなストレスになるんです。お母さん、覚えはありませんか」

「あら、そう言われればそんなことありましたね。大人になって、すっかり忘れていましたけど」

「ええ、大人ってすぐ忘れちゃうんですよ。困ったことにね。里館さん、だいじょうぶ。この夏休み、もうひと踏ん張りしようね」

「はい」

美穂は膝の上で指を握りこみ、うなずいた。

夏休みが始まって、一週間が過ぎた。

去年は四人でプールに行ったなあ。

ぎらぎら光る水面、眩しい水しぶき、笑い声、身体を包む水の感触、久邦の笑顔、杏里の笑顔、一真の笑顔。

あれがたった一年前のことだとは信じられない。百年も千年も昔のことのように思えてしまう。

夜風に髪がなびく。

しっかりしろ。

美穂は自分を叱った。そして、自分に言い聞かせる。

一度くらいテストの成績が悪かったからと言って、落ち込むなんて弱すぎるよ。美穂、ファイト。

「ファイトッ!」

夜の街に向かって、声を張り上げる。

急に杏里に会いたくなった。とても、会いたい。

メールや電話じゃなく、会って話がしたい。

明日、連絡してみよう。

杏里、今日、ちょこっとだけでいいから会わない。

杏里はきっと「いいよ」と答えてくれるだろう。

美穂は大きく息を吸い込んでみた。風と夜気が胸に滑り込んでくる。いつもより湿って重い。

明日は雨かもしれない。

杏里、明日になったら会おうよ。

心が少し軽くなった。一人じゃない。誰かと繋がっている。そう信じられたら心って、軽くなるのだ。

パジャマが汗で濡れたままだ。気持ち悪い。洗いたてのTシャツに着替えると気分が少しすっきりした。夜気を吸い込み、美穂は呟いた。

「明日になったら、杏里と会うんだ」

それからベッドにもぐりこんだ。

3

雨は降らなかった。

正確には、朝方、ぱらぱらと落ちてきただけで、雨雲は消え去り、空は真っ青に晴れ上がったのだ。

昼下がりということもあるだろうが、太陽はこれでもかというぐらいぎらつき、刺すような熱い光を地に注いでいる。

暑い。

本当に暑い。

芦葦の夏は涼しくて、毎年、ほとんどクーラーなしでもすごせるほどなのに、今年はどうしようもないくらい暑い。立っているだけで、汗が噴き出る。美馬川からの川風さえ、どんよりと重く感じる。

「ほんとに最悪の夏だなあ」

美穂は立ち止まり、口元を押さえた。

無意識に独り言が口をついている。

そういうことが、このごろ、ときどきあるのだ。いや、よくある。

あたしまた、独り言を言ってる。

そう気が付く度に、胸がざわつく。

父と母が離婚するちょっと前、二人が顔を合わせればケンカばかりしていたころ、母はしょっちゅう独り言を口にしていた。

「あ～ぁ、何だかもう、いやになっちゃうなあ」

「ほんとに、いいかげんにしてほしいわ」

「どうして、こんなことになっちゃったんだろう。どこで間違えちゃったのかなあ」

「あぁ、ほんとに困ったわ」

そんな暗い独り言の後、母は必ず深いため息を吐いた。

美穂は、それが嫌でたまらなかった。独り言もため息も大嫌いだ。うっとうしい。耳にしただけで不快になる。いらいらする。

「いいかげんにしてよ」

母に向かって怒鳴ったことさえある。

「え？　何のこと？」

母はきょとんとした表情で美穂を見つめ、首を傾げた。自分がぶつぶつと一人で呟いていたのも、ため息を何度も何度も吐いていたのも気が付いていなかったのだ。

父と離婚し、美穂と二人で暮らすようになって、母の独り言もため息もきれいに消えてしまった。

母は栄養士として働き、独り言ではなく鼻歌を歌い、ため息ではなく笑い声をたてるようになっていた。そして、父とたまに会えば楽しげに会話を交わす。それに比べ、美穂はあれほど嫌っていた独り言を知らず知らず口にし、つい長い吐息を漏らしたりしている。

人間って、おかしい。とても、へんてこで厄介《やっかい》だ。自分の心すら自分でコントロールできないなんて……。

それとも、あたしだけなのかなあ。

これは、胸の内だけの呟きだ。

あたしだけが、自分をもてあまして、いらついてんのかなあ。

今度はため息を吐きそうになった。慌てて唇を結ぶ。そして足も速めて歩き出した。その足が止まる。

小さなブティックの前だった。

ショーウィンドウに自分の姿を映してみる。

黄色いリボンの付いた麦わら帽子に同じ色のタンクトップ、デニムのミニスカートに白いサンダルをはいている。タンクトップは前は黄色一色なのに背中はひまわりの模様になっていた。このブティックに売っていたのだ。

一目で気に入って、小遣いを貯めて買った。今日、初めて着た。

いつも二つに分けて赤いゴムで留めている髪をほどいて、一本のみつあみにしてみた。

美穂のせいいっぱいのおしゃれだ。

似合うだろうか?

肩をすくめてみる。

今日は、久々にみんなに会う。

今朝《けさ》、杏里に電話した。

顔が見たかったのだ。

声が聞きたかったのだ。

「杏里、今、忙しい？　ちょっとだけでいいから、会いたいんだけどさ、だめかな？」

そう言うと、受話器の向こうから杏里のくすくすと笑う声が伝わって来た。とても、楽しげな声だった。聞いていると、美穂の心まで柔らかくなるような声でもあった。

「美穂ちゃん、あたしたち、すごいよね」

「は？　すごいって？」

「だって、あたし、今、美穂ちゃんに電話しようって思ってたんだもの。『久々にデートしようよ』って」

「ほんとに？」

「ほんとのほんと。そしたら、美穂ちゃんから電話があって、ちょっとびっくりしちゃった。こういうこと、あるんだねえ」

「ほんとだ。えっと、こういうの……虫の知らせっていうんだっけ」

「えー、それって、悪い予感のときに使うんじゃないの」

「じゃあ、えっと……あぁ以心伝心だ」

「それそれ。以心伝心。繋がってるよね、あたしたち」

繋がってるよね、あたしたち。

杏里のなにげない一言が胸に染みてくる。

何と言うことのない会話が、泣きたいほど嬉しい。

二週間ほど会っていないだけなのに、杏里が懐かしい。久邦や一真が、懐かしい。とてもとても、懐かしい。

「みんなで会おうか？」

杏里が言った。

「どうせなら、みんなで会おうよ。市居くんや前畑くんにも、あたし、連絡してみる」

「でも……みんな、来るかなあ」

当たり前だけれど、みんな、受験生だ。特に市居一真の受験する高校の芸術科はものすごい倍率だと聞いた。そこを目指し、必死で受験勉強に取り組んでいる一真が出てくるだろうか。

「だいじょうぶだよ。市居くんも、少し気分転換したいなんて言ってたから、みんなの顔が見られるってことなら、喜んで出て来てくれるよ」

「カズと話したの？」

「うん、昨日、電話があった」

そうか、カズ、杏里には電話をしてるんだ。

小さな携帯電話をそっと握りしめる。

「ちょっと暑いけど、午後一時から図書館の前に集合。それで、どう？　市居くん、午前中は図書館で勉強してるんだって」

「あ……そうなんだ」

「うん。それから、みんなでうちに来ない。母さんが、オレンジゼリーと桃のババロアを作ってくれるって」

「うわっ、すごいな」

「ね、そうしようよ。前畑くんもきっと来るよ」

「来るに決まってるでしょ。あいつは、美味しい食べ物のあるとこにはいつだって出没するんだから。もしかしたら、もう杏里ん家《ち》の玄関の前に立ってるかもよ。『ゼリー食いてぇ〜、ババロア食いてぇ〜』って。窓から覗いてみたら」

「え〜、ちょっと待って……、うん、残念ながら、前畑くんいなかったよ。いたのは、郵便配達の人だけ」

杏里の冗談と妙に生真面目な口調がおかしくて、美穂は携帯を握ったまま、笑いだしてしまった。

杏里も笑っている。

いいな、こういうの。

いっしょに笑えて、嘘つかないで、相手の顔色みなくて、本音が言えて、いいな、こういうの。

心底から思う。

なのに、ちょっとだけ心の隅が重かった。

一真と杏里は、ひんぱんに連絡を取り合っているのだろうか。

美穂はぶるぶると頭を振ってみた。

それから、クローゼットの中からあれこれ洋服を取り出してみた。

できるだけ、おしゃれをしよう。

心に決めた。

久々にみんなに会うんだもの。力《りき》入れてみよう。

ワンピースがいいかな、それとも、こっちの白い短パンにしようかな。それだと、いつもとあんまり変わらないし……。

コーディネートを考えていると楽しくなる。献立を考えるのと同じだ。色合いや栄養バランスや食材を組み合わせて、理想に近い食事を作り上げる。なるほど、おしゃれと栄養学って重なってるかも。

新発見だ。みんなに教えてあげよう。

そう考えるとますます楽しくなる。

美穂はうきうきとした気分で洋服を選んだ。


悩みに悩み、やっと決めた黄色いタンクトップとミニスカートの格好で、図書館へと向かう。

芦藁市立図書館は公園の一画にあって、葉のおいしげった木々に囲まれている。ときどき、突如として毛虫が大量発生するのには閉口するけれど、そうでなければ、木々の陰はとても涼しく、吹き過ぎる風までが街中とは違う冷風となった。

その木々の陰を選《よ》って、美穂は足早に歩いた。約束の時間にはまだ少し早いけれど、みんなを待たせるより待っていたい。

どうせ久邦は五分ぐらい遅刻してくるだろう。どこかに、隠れてきょろきょろと慌てる様子を見ているのもおもしろいかも。

「ばあっ、ヒサ、ここだよ」

「うわっ、何だよ。中三にもなってカクレンボかよ」

「ばぁか。この遅刻魔。置いて行くとこだったんだよ」

「うへっ、かんべん」

なんて会話ができるかな。

あれこれ、考える。

また、笑いがこみあげてくる。

その笑みが強張った。足が地面に貼り付いたように動かなくなった。

図書館の前に、杏里と一真が立っている。
二人で顔を見合わせて、おしゃべりをしていた。
杏里がうなずく。
一真が微笑む。
とても美しい、幸せそうな恋人同士のようだった。
美穂はこくりと息をのんだ。
胸が痛くなる。
カズ……。
どうしてだか、わからない。
身をひるがえし、駆けていた。二人から逃げていた。
どうしてだか、わからない。
わからない。

4

ふと気がつくと、水鳥《みずどり》公園に来ていた。

公園の真ん中にある池をぼんやりと見つめている。

水面は夏の光を弾き、きらきらと、いやぎらぎらと煌《きら》めいている。

あたし、いつも、ここに逃げてくるなぁ。

美穂は煌めく水面を眺めながら、そっとため息を吐いた。

嫌なこと、苦しいこと、辛いこと、悲しいこと……仲間はずれになったときも、独りぼっちだと感じたときも、自分を嫌いだと感じたときも、どうしようもなく寂しくなったときも、美穂はここにきて水面を眺めていた。

桜の花びらを浮かべた水面。

今日のようにぎらぎらと眩しい水面。

青い空をくっきりと映し出した水面。

雪の中でひっそりと静まり返った水面。

雨に濡れながら、風に吹かれながら、日の光を浴びながら、眺めていた。どうして、ここがそんなに好きなのか、自分でもよくわからない。水鳥が多いというだけで、そんなにきれいな池ではない。その水鳥だって、夏場はほとんどいない。

公園だって、疎《まば》らに樹が生えているだけで広い芝生も噴水も遊園地もない。だから、たいていの人はここを素通りしてしまう。通学や通勤、買い物などのために、公園内を横切って行くだけだ。

でも、美穂はこの場所が好きだ。水面を見ているだけでざわめいていた心が落ち着いてくる。身体にゆっくりと力がわいてくる。

小学六年のころ、仲良しグループの友人たちに水鳥公園の池が好きだと言ったことがある。大笑いされた。

「やだ、ミホ。あんた、なにをそんなに黄昏《たそが》れちゃってんの」

「ほんと、ほんと。一人で池を見てるなんて、ババくさぁ〜」

「シュミ、渋すぎるんだって」

そして、最後には、

「ミホって変わってるよね」

と、言われてしまった。

それからは、二度と公園の話題には触れないように気を付けてきた。一度『あの子って変わってる』というレッテルを貼られてしまうと、そこから抜け出すのがとても難しくなる。みんなと違わない方がいいのだ。変わってちゃいけないんだ。みんなが笑うところで笑い、泣くところで泣いて、怒るところで怒る。

「でも、わたしはそう思わないけど」とか「わたしは、こう思う」なんて科白《せりふ》は禁句。絶対にNG。

ずっとそう思い、違わないように、目立たないように、言葉を選んできた。慎重に行動してきた。

そういうことにずっと神経を使っていると、くたくたになる。友人の一人に買ったばかりのスカートが似合うかと聞かれ「その色は、あんまし似合ってないよ」と答えたのは、疲れ切っていたからだと思う。友人とは小学生のときから仲が良かった。この人なら本音を言えるかもと、ちらっと考えたのだ。

友人は泣き出し、美穂は、周りから冷たい目で見られるようになった。

「いやだね、空気読めない子は」

「ほんとほんと、変人なんだよ、あの子」

そんな声が背中にぶつかってくる。美穂はさらに疲れ、学校に行くのも、誰かと話をするのも、食事をするのも、息をするのさえ面倒になっていった。

杏里と出逢ったのは、そのころだ。

学校に行ったり、行かなかったり、三日登校しては一週間休む。そんなことを繰り返していたころだった。

杏里はごく自然に、美穂を受け入れてくれた。美穂が何を言っても、「ミホちゃん、変わってるね」と笑うことはなかった。杏里といると、自分を偽らないでいいし、自分の思いを素直に口にできた。

とても楽だ。とても楽しい。

美穂は杏里が大好きだった。本物の友だちだと思っている。

もし、杏里に会えなかったら。もし、杏里が転校してこなかったら。もし、杏里が他のクラスだったら。

そう考えただけで、身が竦むような気持ちになる。

本当に、本当に、杏里と出逢えてよかったのだ。それなのに……。

逃げてきた。

杏里と一真の姿を見て、逃げてしまった。どうしてだか、自分でもわからない。ちゃんと、説明できない。

ため息を吐いた。とても長いため息だった。吐き終えたとき、ちょっとだけだが目眩がした。

カズ、嬉しそうだったなぁ。

杏里と話をしていたときの一真の横顔が浮かんでくる、ぎらつく光の中にくっきりと浮かんでくる。

一真は、杏里といると、本当にいい笑顔になる。柔らかくて強くて、真っ直ぐな笑顔になる。本人はまるで気が付いていないのだろうけれど、そういう笑顔のとき、一真はとても大人びて見えるのだ。

カズ、杏里のこと好きなんだ。

改めて感じた。そんなこと、とっくにわかっていた。一真が杏里を絵のモデルにしたいと望んだのは、杏里がかわいいからではなく、一真が杏里に恋をしたからだ。

わかっている。わかっている。よく、わかっている。

一真と杏里なら、お似合いだ。

二人ともチャラチャラしていないし、優しい。

「お二人は、本年度最高のベストカップルでーす。いつまでも、お幸せに。あっ、なんだったら、このままゴールインしちゃったら」

なんて、冗談めかして祝福できたら最高だと思う。

なのに、あたし、逃げちゃった。

また、ため息が出た。今日は、これで何回目だろう。

「まだ、カズのこと好きなのかなあ」

心にあるものを言葉にしてみる。

一真がずっと好きだった。でも、一真が杏里にひかれているのなら、しかたないと思う。杏里に嫉妬《しっと》したり、杏里を憎む気持ちは少しもわいてこなかった。

ただ、ちょっと寂しくはある。

寂しい。広い荒野をたった一人で歩いているような寂しさだ。

目の奥が熱くなる。
やだ、こんなところで涙が出るなんて。美穂、しっかりしろ。
自分を叱りつける。しかし、熱さはいっこうにおさまらなかった。
泣かない、こんなことで、泣いたりしない。
奥歯をかみしめ、前を見る。
ぎらぎら、ぎらぎら。
ぎらぎら、ぎらぎら。
水面で弾ける光をじっと見つめ続ける。
心が少し、落ち着いてきた。
走って、図書館まで戻ろう。杏里たちは、ずっと待っているかもしれない。
謝らなくちゃいけない。
「ごめんね、遅くなって。ほんと、ごめん」
と、謝らなくちゃ……。いや、待ち合わせの時間はとっくに過ぎている。暑い暑いこの時間、いつまでも待っているわけがないか。それならそれで、やっぱりちゃんと謝らなくちゃいけない。電話をしようか。直接、家に行こうか……。

「ミホ」

ふいに名前を呼ばれ、肩をつかまれた。硬い男の手だった。

「きゃぁぁぁっ」

悲鳴をあげていた。遊歩道を歩いていた女の人が二人、驚いて振り返った。

「ばか、ばか、何て声、出すんだよ」

「やだ。ヒサじゃないの。もう、おどかさないでよ」

前畑久邦が唇を尖らせる。

「驚いたのはこっちだよ。何だよ、肩をつかんだだけで大声出して。おれはオランウータンでもチンパンジーでもねえんだから、そこまでびっくりすること、ないだろうが」

「うーん。そりゃあオランウータンやチンパンジーの方がずっとかわいいよね。いっしょにしたら、向こうが怒るよ」

「おまえなあ、いいかげんにしろよ」

久邦がこぶしで打つまねをする。美穂は笑いながら、そのパンチをかわした。ふらりと目が回った。

「あぶない」

久邦の手が美穂の身体を支える。がっしりとした手、大人になろうとしている手だ。

「だいじょうぶか。ミホ」

「うん……ごめん。ちょっとクラッときただけ」

「おまえ、無理してるのと違うか。夜とか、ちゃんと寝てんのかよ」

「受験生だもん。ちょっとぐらい無理はするよ。みんな、無理してるもの。変わらず暢気なの、ヒサぐらいのもんだよ」

「別に暢気じゃねえけど。おれなりに、不安っちゃああるからさ。高校に入ったら、ちゃんと走れるのか、潰れたりしないかって、おれは自分自身が不安でしょうがねえよ」

「ヒサ……」

意外だった。いつも陽気で朗らかで、悩みなんか何一つないように見えた久邦もまた、深い不安を抱え持っていたのだ。

気が付かなかった。

「うん。ほんと、夜中に目が覚めて眠れなくなる日もたまにあるんだ。たまにだけど、さ。あれ、おれって意外に繊細って、自分でもびっくりしてる」

「ヒサが繊細なら、電信柱だって繊細だよ」

「ミホ、ほんと怒るぞ。それどーいう意味だよ」

「どういう意味か、あたしにもよくわかんない」

久邦が噴き出す。美穂も笑った。気持ちよく笑えた。あるいは、笑ったから気持ちよくなれたのか。

「何かミホとしゃべっているときが、一番、おもしろいな」

「そう?」

「うん、おもしろい。できたら、ずっとしゃべっていたいな」

「ずっとって?」

久邦は前を向いたまま、美穂と目を合わせようとはしなかった。とても大切なものが池の上にある。そんな態度で、じっと前を見つめている。

「ヒサ、このままここで、ずっとしゃべってんの」

「あほ、誰がそんなこと言ったよ。おれが言ったのは」

足元の小石を拾い、久邦が池に投げ込む。石は一度、水面にはねて、ぽしゃりと音をたて、池に沈んだ。

「つまり、高校生になっても、大人になっても、ずっと……ミホとしゃべっていたいってこと」

「ヒサ」

久邦の顔が赤く染まる。熟したトマトみたいな色だ。

「ヒサ。あの……あのね」

「さっ図書館に行こうぜ。カズと井嶋が待ってる」

久邦が身を起こし、大きな声を出した。

「待ってるかな。もう三十分近く過ぎちゃったけど」

「待ってるよ。待ってるに決まってんだろ。おれたち、友だちじゃねえかよ」

トモダチ。

久邦の口から零《こぼ》れた何気ない一言が胸を揺さぶる。

あたしたち、友だちなんだ。

「行こうぜ、ミホ」

久邦が肩をぶつけてきた。ミホもぶつけ返す。それから顔を見合わせ、どちらからともなく声をあげて笑った。

風が吹いてくる。
水面を渡ってきたからなのか、心地よい涼風だった。

それぞれの道を

1

夢を見た。
杏里は起き上がり大きく息を吐いてみる。
夢を見た。
それは確かなのに、どんな夢だか覚えていない。
悪い夢でも、怖い夢でもなかった気がする。むしろ、胸が弾むような、でも
……。
どこか悲しい夢だった。
そんな気がする。
ベッドから降り、カーテンを開ける。
庭の木の枝に止まっていたスズメが数羽、慌てて飛び立って行った。勇気が

あるのか、ぼんやりさんなのか、枝先に止まった一羽だけが動かず、じっとこちらを見ている。

「驚かして、ごめんね」

そっと話しかけると、スズメは問うように首を傾げてきた。それから、仲間の後を追って空へと飛んで行った。

空は青く、春らしい丸い雲がほわり、ほわりと浮かんでいる。

杏里はゆっくりと窓を開けた。

朝の澄んだ空気が流れ込んでくる。薄いパジャマでは、少し寒い。でも、冬の冷気のように肌を刺してこない。冷たいけれど優しい手で、そっとなでられたような感覚だ。

今日は、公立高校の合格者発表の日だ。

朝の空気を思いっきり吸い込む。

胸が膨らんだ。

公立高校の合格者発表。そして、市居一真の受験した美稜《びりょう》学園高校芸術科の合格者発表の日でもあった。

スポーツ推薦で一足先に高校入学が決まっている前畑久邦を除いて、芦藁高校普通科を受験した杏里も、西堂高校の栄養科を受けた里館美穂も、今日が運命の日だ。

「三人とも、がんばれ。おれが、合格パワーを送ってやるからな。それ、む〜〜ん」

久邦が両手を広げ、指先をひらひらと動かした。

一真、美穂、杏里。三人それぞれの入試が終わって三日ほどが経った夕方だった。

「おーい、井嶋。おれん家で慰労会しようぜ」

そんな電話が久邦からあったのは、入試を終えた夜、確か八時を五、六分回っていた時刻だ。

杏里は、どことなく気が抜けたような、ほっとしたような、少し焦るようなような、いろんな感情が混ざり合い、とけあって、自分が今、どんな気持ちなのかつかめずにいた。

ごちゃごちゃと絡まり合った大きな塊が自分の内にある。そんな経験は初めてのことで、自分で自分を少しもてあましていた。

「カズやミホにも声をかけるからさ。久々に四人で集まって、騒がないか」

「騒いでいいの?」

「もちろん。全然、問題なし。今度の土、日。親が二人とも留守にするんだ。結婚二十周年の温泉旅行に二人で出かけるんだってさ。息子を置いてだぜ。ひでーだろう」

久邦の声は朗らかでリズミカルで、気持ちよく杏里の耳に滑り込んできた。ごちゃごちゃの塊が少しずつほどけていく。

「けど、前畑くん、お父さんやお母さんから温泉旅行に行こうって誘われたら、絶対、断るでしょ」

「あちゃ、井嶋にまで見抜かれてんのかよ。カズにもミホにも同じこと言われたんだよな」

「あはっ、やっぱり」

「フツーまっ、高校生になろうかってやつが親と温泉旅行はしねえよな」

「かもしれないね。あたしは、行きたいけど」

「けど、うちの親の行き先って離れ島にある秘湯の宿ってやつだぞ。すげえんだ。シカとかイノシシとか、たまにクマとかまで浸かりにくるらしいんだ」

「ほんとに？　すごいね」

「すげえよ。けど図々《ずうずう》しいつーか、せこいつーか、金も払わないで温泉に入るなんてどうよって感じだな」

携帯を耳に当てたまま、噴き出していた。

おかしい。

久邦の冗談が、おかしくてたまらない。

　杏里はしゃがみこみ、くすくすと笑い続けた。

「井嶋、ありがとう。ここで笑ってくれたの井嶋だけだ。カズは『シカやイノシシから金をとろうって方がせこくないか』ってしらっと言うし、ミホなんか鼻の先でフンって笑っただけでお終《しま》い。まったく、ジョークがわからないやつらは嫌だねえ。その点、井嶋は笑い上戸《じょうご》で助かる」

「え？　あたし、笑い上戸かな」

「もろ、そうじゃん。しょっちゅう楽しそうに笑ってるもんな。え？　井嶋、笑い上戸って意識なかったわけか？」

「うん」

　自分がよく笑うなんて思ってもいなかった。どちらかというと、感情を上手に表に出せない方だと思っていた。でも確かに、芦藁第一中学校に転校してきてから、よく笑うようになったかもしれない。

笑うだけじゃなく、よくしゃべり、あれこれ考え、考えたことをとぎれとぎれだけれど口にするようになった。それまでは自分の思いのほとんどをのみこんで、黙っていたのに。

しゃべってもだいじょうぶ。

笑ってもだいじょうぶ。

泣いてもだいじょうぶ。

自分をさらけ出しても、だいじょうぶ。

一真や美穂や久邦といると、そんな気になれる。だから、安心して笑ったり、泣いたり、しゃべることができるのだ。

そうか、あたしって、本当は笑い上戸だったんだ。

「前畑くん、あたしの方こそ、ありがとう」

「へ？　おれ、井嶋にお礼を言われるようなこと、何かしたっけか」

「うん。したっけだよ。たくさん、したっけしてくれたよ」

「井嶋、言葉遣いがむちゃくちゃ変だぞ」

杏里はまた、笑っていた。胸の奥から笑いがこみあげてくる。

今度の土曜日午前十一時、久邦の部屋に一品持ちよりで集合。

それを確認して、電話をきった。

電話をきったあとで、思い至った。

前畑くん、気を遣ってくれたのかな。

久邦は、ごちゃごちゃの塊が杏里の内で膨れていたことを知っていたのかもしれない。その塊は、きっと一真の内にも美穂の内にもあって、二人を落ち着かない気分にさせていたのだ。

こういうときだから、みんなで騒ごうぜ。集まって、しゃべって、それだけで十分なんだからさ。

久邦が言葉にしなかった言葉が聞こえてくる。

ありがとう、前畑くん。

手の中の携帯を杏里はそっと握りしめた。

「うほっ、すげえご馳走」

久邦が短く口笛を鳴らす。

フローリングの上にレジャーシートが敷かれ、その上にさまざまな料理が並んだ。

杏里は、母の手作りのアップルパイと自分でこしらえたフルーツサンドを持ってきた。一真は、近所のパン屋さんで焼き立てのクロワッサンやピザを、美穂は朝五時から起きて握ったという三色おにぎりの山と野菜サラダを並べた。

「すげえ、すげえ、ゴチになりやす」

「ちょっと、ヒサ、待ちな」

もみ手をする久邦の前に、美穂が手のひらを広げた。

「なんだよ。早く食おうぜ。ピザが冷めない間にさ」

「待ってったら。あんた、何を用意してきたのよ」

「へ？　用意してきたって？」

「一人、一品以上の持ちよりパーティじゃなかったの」

「ここ、おれの家のおれの部屋なんだけど」

「わかってるよ。あたしの部屋はもっときれいだもん。それが何か？」

「いや、つまり、場所を提供してるんだから、一品、いらねえんじゃないの？」

美穂の眉《まゆ》がひくりと動く。

「ヒサ」

「はい」

「正座」

久邦が正座をする。一真と杏里は顔を見合わせた。

「あんた、もしかして昼ごはんを作るのがめんどうで、こういう一品パーティを企画したんじゃないの」

「え……いや、まさか。そんなこと、あるわけが……」

「正直に白状しなさい！」

「はい。ごめんなさい。お許しください、美穂さま。うちの母ちゃん、ご飯は勝手に作って食べろなんて薄情なこと言うんだ。それで、どうせなら、みなさんのお手作りのお料理をいただこうかと思いまして。すっすみません。騙《だま》すつもりはございませんでした」

「ばかもの。このわたしを騙そうなどと千年、早い」

久邦が床にひれ伏す。美穂は胸を張り、鼻から息を吐いた。

おかしい。やっぱり、おかしい。

横を見ると一真も笑っている。美穂も笑っている。

四人は笑いながら、料理に手を伸ばした。

「あーぁ、久しぶりに笑ってすっきりした。あたし、実はずっと不安でいらいらしてたんだ。数学のテスト、全然自信がなくて……もしかしたら、西堂、受かんないかもしれないって考えたら、ずーんと胸が重くなってさ」

美穂がサンドイッチを頬張りながら、少し伏し目になる。

「あ、うん。わかるな。おれも実技のラフスケッチ、時間がなくて納得できないまま提出しなくちゃならなくて。うーん、一人で考えてたら、けっこう辛かったかもな」

手にサンドイッチを持ったまま、一真がうなずく。杏里も同じだ。

「あたしも、あれこれ考えちゃって。こういうの、悪い方にしか考えられないんだよね。ちょっと落ち込んでた。でも、こうやってみんなの顔を見てると、何とかなるかって気になるから不思議」

「あ、おれも」

一真が手をあげる。

「ふーん、てことは、あたしたちヒサに感謝しなきゃいけないってことよね。

では、みなさん、いっせーに、三、二、一。はい」

「ありがとうございまーす」

三人から一斉に頭を下げられ、久邦の頬が紅潮する。

「おれは、ただちゃんとした昼飯が食いたくて、それで、まあ久々にみんなの顔、見るのもいいかなって。それだけなんだから」

美穂がサンドイッチを一口、かじる。

「けど、みんながそれぞれ志望校に受かったら、ばらばらだね」

サンドイッチを飲み込んだあと、ぼそっと呟いた。

「あたし、西堂に受かりたいけど、みんなと別れるの寂しいな」

久邦の眉が寄った。

「あほ。おまえはアメリカの高校に行くのか。高校生になったってまた、テキトーに集まりゃいいだろう」

「けど……うん、そうだね。テキトーに集まればいいよね」

美穂が笑う。

杏里はピザを手にふっと視線を窓の外に向ける。穏やかな春の空、春の雲が目に映った。

どうなるだろう。

高校生になっても、あたしたち、このままでいられるだろうか。ううん、このままではいられない。いられるわけがない。だとしたら、何が変わるの？何が変わらないままなの？

わからない。

わかっているのは、四人でいることが今は楽しい。それだけ。

一真の視線を感じた。杏里は外を眺めたまま、唇を結んだ。一真も何も言わない。風がかたりと窓を鳴らした。

そして、合格者発表の朝が来た。

2

お赤飯、豆腐のお吸い物、玉子焼き、焼き魚、野菜のお浸《ひた》し。

杏里は思わず、「うわっ、豪華」と叫んでしまった。

イラストレーターの母は夜遅くまで仕事をしていることが多く、朝はなかなか起きられない。身体の弱い祖母も一日中、臥《ふ》せっていることが多い。だから、朝はたいてい簡単にすませる。パンとカフェオーレと果物、あるいは、おにぎりとインスタントの味噌汁といったメニューだ。

ところが、今朝の食卓は豪華だ。

お赤飯も、お吸い物も湯気を立て、いかにも温かそうだ。玉子焼きの甘い匂いがキッチンに満ちている。

母も祖母も微笑みながら、朝食の席についていた。

「どうしたの？　この、すごい朝ご飯」

「前祝いよ」

母がお赤飯の上に黒胡麻をかける。

「前祝いって……合格発表の？」

「もちろん、そうでございますとも。杏里姫の芦藁高校合格を祝う、当店自慢の朝食メニューでございますので。わたしめが、朝五時に起きてお作りいたしました。お姫さま、どうぞ、お召し上がりください」

母は杏里に向かって深く頭を下げる。

「もう、母さんったら。前祝いなんて、すっごいプレッシャーじゃない。やだなあ。受かってなかったらどうしよう」

冗談っぽく言ったけれど、半分は本音だった。前祝いなんておおげさすぎる。

受験勉強は杏里なりに必死にがんばったし、試験そのものもさほど緊張せず、実力を発揮できたように感じていた。確かな手応えがあったのだ。でも、それは杏里が感じただけのことで、百パーセント合格していると言いきれる自信はなかった。

十五歳で口にするには、あまりに生意気だと大人は笑うかもしれない。でも、杏里は心の中で誰にともなく語るのだ。

人生って、どこでどうなるか誰にも予測できないものなんだ、と。良い方向にも悪い向きにも、いつ、どんなふうに変わるのか、わからないじゃないか、と。

たとえば、ここに引っ越すことが決まったとき、杏里は心底喜んだわけではない。祖母と暮らせるのは嬉しかったけれど、大きな不安もまた、胸にわだかまっていた。

芦藁という街には、ほとんどなじみはなかったし、新しい環境に簡単にとけこめる性質《たち》でもない。

そう、期待や希望よりも不安の方がずっとずっと重く大きく、杏里にのしかかっていた。前にいた中学から逃げ出したという負い目のような気持ちも、抱えていた。でも……。

ここで、みんなに出逢った。

美穂に、一真に、久邦に、出逢った。

四人でさまざまなことを語り合い、笑い合った。一真の絵のモデルになり、美穂といっしょに泣いた。久邦のレースを応援に行った。一真と二人、黙って歩いた。

芦藁に越してきてからの二年半は、杏里にとって濃密で豊かな月日だった。不安に潰されそうな心を抱いて芦藁の街に着いたとき、こんな未来が待っているなんて、想像もしなかったのだ。

だから、逆もある。

自分の心を引き締める。

杏里、調子にのっちゃだめだよ。悪い方に転がることだっていっぱいあるんだから。

数学のあの問題、もしかしたら計算式を間違えたかもしれない。国語の解答、うっかりミスをしたかもしれない。英語の長文を読み間違えたかもしれない。もしかしたら、もしかしたら、あれもこれも……。

考えれば前祝いどころではなくなる。胸が苦しくなる。

どうしよう。もし、不合格だったら……。

「だいじょうぶだよ」

祖母が微笑んだまま、言った。

「お母さんの作ってくれたお赤飯は、幸運を呼び込む力があるんだからね。いっぱいお食べ。そしたら、絶対に合格してるから」

「お赤飯を食べたら合格するの」

「そうとも。前祝いってのはね、おめでたいことを呼び込む儀式なんだよ。だいじょうぶ、お母さんのお赤飯が、杏里を幸せにしてくれるからね」

祖母の柔らかな物言いが、杏里の少し強張《こわば》っていた心を解きほぐしてくれる。

「それにね、杏里」

祖母の笑みがさらに広がった。

「万が一、受験に失敗したって、気にすることなんてちっともないんだよ。そのときは大変なショックだろうし、落ち込みもするだろうけれど、でも、本当は些細なことなの」

些細なこと？

そんなふうには、考えられない。むしろ、受験に失敗するなんて、未来が閉ざされてしまうことに等しいと感じてしまう。

「ああ、些細なことだよ。受験に失敗したっていくらでも取り返しがつくし、合格できたって、それで全てが上手くいくわけじゃないだろう。人間の生き方ってのはね、受験の合格不合格なんかで左右されるほど、ちっぽけなものじゃないんだから。それを忘れないでおきなさい。もっとも、わたしぐらいの年にならないと、そういうこと、理解できないだろうけどね。余計なことを言ってしまったかね。ごめんよ」

「ううん。ありがとう、おばあちゃん」

杏里は祖母に向かって、うなずいてみた。

祖母の言うことは、よく理解できるようにも何だかよくわからないようにも思う。ただ、祖母が一生懸命に杏里を励ましてくれたことだけは、伝わってきた。

母も祖母も、それぞれのやり方でせいいっぱい、杏里を応援してくれているのだ。せいいっぱい支えてくれる家族がいる。励ましてくれる人たちがいる。

それは、とても幸せなことではないのか。

「いただきまーす」

杏里は、母のお赤飯を口いっぱいに頬張った。

仄かな甘さが広がった。

「井嶋さん」

後ろから声をかけられた。

バス停に並んでいたときだ。

芦藁高校へは、水鳥公園前のこのバス停からバスで二十分ほどかかる。

「あ、永川《ながかわ》さん」

同じクラスの永川那美子《なみこ》が立っていた。背の高い、ひょろりとした体形の女の子だ。色が白いせいか、鼻の頭から頰に散ったそばかすが目立った。

「おはよう」

那美子が軽く片手を上げた。

「うん。おはよう」

杏里も手を上げて指先を少し動かしてみせる。

那美子と、それほど親しいわけではない。じっくり話をしたことなど一度もなかった。那美子はどちらかと言うと、地味で控え目で、おとなしい生徒だった。人目を集める華やかさもないし、派手なパフォーマンスもしない。大勢の中に簡単に紛れてしまうタイプだった。でも、みんなの嫌がるトイレ掃除を一人、黙々としている姿を、何度か見かけたことがある。教室に落ちていたゴミを拾い、さりげなくゴミ箱に捨てたところも見た。

すごいなと、感心した。

永川さんって、すごい人だ。

さりげなく、誰にアピールするでもなく、トイレ掃除をし、ゴミを拾う。

とても簡単なようで、とても難しい。

心の根本に美しいものがなければ、できないことだと思う。その美しいものを善意とよぶのか、優しさと言うのか、杏里にはわからない。でも、その美しいものがあるかないかで、人の質が決まってくるようには感じている。どんなに学歴や地位が高くても、お金持ちでも、有名な人でも、心根に美しいものを抱えていない者は卑しいと、感じるのだ。もしかしたら、祖母の言う〝人間の生き方〟とどこかで繋がっているのかもしれない。

「いよいよだね」

那美子がふっと息を吐き、硬い表情になる。指で、目をこする。赤く充血した目だった。那美子も芦藁高校を受験しているのだ。同じ教室で試験を受けた。そのときは、ほとんど口をきかなかったけれど。

「何だか、どきどきしちゃって、昨夜、よく眠れなかったの」

「うん、どきどきするよね」

「あたし、いろいろ考えてるとどんどん自信なくなっちゃって、受験が終わってすぐは解放感の方が強くて、すかっとしてたのに、ほんと、どんどん気が重くなっちゃって」

「同じだよ」

杏里の一言に、那美子が目を見張る。

「ほんとに？　井嶋さんもそうなの」

「うん、同じ。考えてもしかたないのに、あれこれ考えちゃうよね。しかも、悪い方にばっかり」

「下げ下げ気分だね」

「そうそう、かなりの下げ〜気分」

那美子と顔を見合わせて笑ったとき、バスが来た。乗り込み、隣同士に座る。

「よかった、井嶋さんがバス停にいてくれて」

那美子がまた、息を吐いた。

「一人だとすごく心細かったんだ。井嶋さんの後ろ姿を見たとき、ああ、よかったって思っちゃった」

「そうだよ。あたし、幸福の女神《めがみ》なんだ」

「え？」

「今朝、前祝いのお赤飯、いっぱい食べてきたんだから。あたしに出逢った人はみんな幸福になれるの」

「うわっ、すごい。あたし拝んじゃおうっと」

那美子が手を合わせ、小さく柏手《かしわで》を打つ。

「なむなむ。井嶋の女神さま、どうか合格していますように。お導きください。なにとぞよろしくお願いします」

笑ってしまった。那美子も笑う。

二人の笑い声が車中に響いて、何人かの乗客が振り返った。まさか、笑いながら発表を見に行けるとは思ってなかった。笑いは心を軽くする。ほんの少しだが、緊張がほぐれた。

「もし芦薫に合格していたら、毎日、バス通だね」

ぽつっと那美子が言った。

「あ、そうだね」

窓の外に目をやる。街の風景が過ぎていく。

受かっていれば、毎日、この風景を見ながら通うことになる。

美穂と久邦は電車通学、一真は遠い市で寮生活を送る。

それぞれが、それぞれの道を行かねばならない。

別れ。改めてその一言が胸に迫って来た。

「着いたよ」

那美子が杏里の腕に触れた。

バス停の向こうに、芦藁高校の校門が見えていた。

3

芦藁高校の門は、薄い灰色の石柱だ。

さわると、ひやりと冷たかった。

「名前、忘れちゃったんだけど……」

那美子が三メートル以上はありそうな門を見上げ、言った。

「この門を作った人って、大正時代の有名な石工《いしく》さんなんだって」

「へえ、そうなんだ。じゃあこれって大正時代のものなの」

「みたいだよ。大正の初期」

杏里は石柱を軽く叩いてみた。

「そう言われると、何だかすごくりっぱに見えてきた。うん、りっぱ、りっぱ。たいしたもんだ」

「やだ。井嶋さんたら」

那美子が肩をすぼめ、くすくすと笑う。

「井嶋さんって、案外、おもしろいんだね」

「そう?」

「うん。転校してきたときは、なーんか、近寄りがたいって雰囲気あったけど、三年生になってから、そんなことなくなったよね。でも、こんなにおもしろい人だとは思わなかった」

那美子はまだ、笑っている。

ああそうかと、杏里は気が付いた。

あたし、ずいぶん、硬かったんだ。

鎧《よろい》とまでは言わないけれど、硬い皮を一枚、身につけていたのかもしれない。知らず知らず、身構えていた。

それが悪いとは思わない。

人は自由に、自分の心の全てをさらけ出して生きることなど、できないのだ。どこかで構え、どこかで装い、どこかで自分を隠す。

悪いことじゃない。

でも、疲れる。

重い鎧を着込んだまま走れば、息切れがする。それと同じように、身構えたままだと、いつか、疲れて動けなくなる。

ほっと力を抜く。

他人に心を許す。

誰かを信じてみる。

芦藁に来て、それができるようになったと思う。

杏里はもう一度、石の門を叩いてみた。

さっきまで、ざわめいていた胸が徐々に凪《な》いでくる。まだ、落ち着かない気分は残っていたけれど、重苦しくはない。

高校に合格することは、とても大切かもしれない。そのために、杏里は杏里なりにがんばってきたし、努力もしてきたのだ。

とても大切だ。もし、不合格だったら、ものすごく落胆するだろう。うなだれてしまうだろう。涙を流すだろう。

でも、それでも……。

それでも、わたしは幸せだと思う。幸せだと思える。芦藁という町に来ることができて、幸せだと胸を張れる。

高校に合格するより、確かな未来をつかむより、大切な何かをわたしは、この町でつかんだ。

「ねっ、行こうよ」

那美子が腕を引っ張る。口元にはまだ、微かに笑いが残っていた。

「うん、行こう」

杏里は那美子と並んで歩く。

門の正面には、三階建ての白亜の校舎があった。

その後ろがグラウンドになり、さらに奥に四階建ての校舎が連なっている。

白亜の校舎の横には広場があり、サツキの植え込みがきれいに刈り揃《そろ》えられていた。

合格者の受験番号は広場の隅の掲示板に張り出されている。すでに、人垣ができていた。

芦藁第一中学の制服もちらほら見えたけれど、杏里のまったく知らない制服もいくつかあった。

「何か……どきどきしてきちゃった」

那美子が大きく深呼吸する。

「……不合格だったら、どうしよう」

声が掠《かす》れて、細くなる。

「だいじょうぶ」

杏里は那美子の背中を片手で押した。

「井嶋の女神さまを拝んだんだから。絶対に、ご利益《りやく》あるから」

「そうか。お赤飯パワーだもんね」

那美子が微笑み、うなずく。杏里もうなずき返し、那美子より先に人垣の中に入って行った。

「あった、あった」

「やった、受かってる」

「うーん」

「ねえ、マミコはどうだったの」

さまざまな声や吐息や言葉が、ぶつかってくる。杏里は掲示板の前に立った。

芦藁高校には、普通科と理数科と英語科の三つの学科がある。学科ごとに合格者の番号を記した紙の色が違っていた。

普通科は白、理数科はモスグリーン、英語科は薄い青だ。

杏里は普通科を受験した。那美子もだ。

白い紙に目を凝らす。

１０５９。

それが、杏里の受験番号だ。

「イーワゴウカクって、井嶋、それってむちゃくちゃ縁起のいい番号じゃね」

久邦に言われた。あれは、みんなで一品持ちよりで前祝いをした日だった。

久邦は真顔で、そう言ったのだ。

そのときの口調や顔つきを、なぜか唐突に、そして鮮やかに思い出した。

力がわいてくる。

１０５０、１０５４、１０５５、１０５９。

１０５９。

あった。

思わず両手で胸を押さえていた。

あった、合格したんだ。

「あった、あったよ」

隣で那美子が叫んだ。

「永川さん、やったね。合格だね」

「うんうん。でも、見間違いかもしれない。井嶋さん、確かめて、１０６５なんだ」

「1065……。うん、だいじょうぶ。ちゃんと載ってる。間違いないよ、永川さん」

「ほんと？　ほんとだよね」

「ほんと、ほんと。合格してるよ」

「やったーっ」

那美子が跳び上がる。それから、杏里に抱きついてきた。

「やったね、井嶋さん。合格だ、合格だよ」

那美子に抱きつかれ、身体が揺れた。肩が誰かにぶつかる。

「あ、ごめんなさ……」

謝ろうとした口を杏里はつぐんでしまった。ぶつかった相手が、険しい眼つきでにらんできたからだ。

白いリボンのセーラー服を着た少女だった。にらんだ眼に涙が滲んでいた。

「あ……あの」

少女は唇をかみしめ、横を向く。そのまま、周りの人をかきわけるようにして走り去った。

不合格だったんだ。

杏里は掲示板に目をやった。それから、視線を辺りに巡らせる。

杏里や那美子のように抱き合って喜んでいる少女たち。肩を叩きあっている男の子たち。掲示板を携帯で撮っている生徒もいる。そして、肩を落とし去って行く者も、涙ぐんでうつむいている者も、足早に立ち去ってしまう者もいた。

悲喜こもごもと言うけれど、十五歳の悲と喜の姿はあまりに対照的だった。

携帯電話が鳴った。

メールだ。

杏里は人垣の外に出て、携帯を開く。一真からだった。

〈うまくいった。そっちは？〉

そっけない一文がディスプレイに浮かび上がる。一真の合格発表も今日だったのだ。インターネットでも確認できるらしいけれど、一真は自分の目で確かめたいと、昨日から一泊で出かけていた。

市居くん、合格したんだ。

うわっと大声をあげそうになった。

〈やった、すごいね。こちらも、うまくいきました（^o^）〉

返信する。

〈おめでとう。これから帰る。また、会おう〉

これもそっけない文面の返事がきた。そっけないけれど、一真の高揚が確かに伝わってくる。

久邦と美穂にもメールをする。

〈合格してたよ。ほっとしちゃった（^o^）〉

送信のボタンを押したとき、

「井嶋さーん」

那美子に呼ばれた。

「もう帰る？　それとも、ちょっと高校の中を見てみようか」

「見学なんてできるの」

「そんなおおげさなものじゃなくて、ちらっと見て回るだけ」

「そうだね。おもしろそう」

「ね、行ってみようよ。あ、グラウンドでサッカー部と野球部が練習してるよ。広くてきれいなグラウンドだよね」

「うん。中学校より、かなり広いね」

携帯が鳴る。久邦からの返事だった。

〈一真からも今、連絡もらった。やったね。あっぱれイジマ〉

杏里は手の中の携帯を見つめる。

美穂からは何も言ってこない。返事がない。

美穂ちゃん……。

どうしたんだろう。もしかしたら、もしかしたら。

携帯が鳴った。慌てて確かめる。久邦だ。

〈なつ、美穂は?〉

それだけの文字が目に痛い。

杏里は携帯を握りしめたまま、那美子の背中に声をかけた。

「永川さん、ごめん。あたし、帰るよ」

「え?」

「友だちのことで気になることがあるの」

「そっか。じゃあ、あたし、もう少し見ていくね」

「ごめんね。じゃっ」

「井嶋さん」

那美子が一歩、近づいてくる。

「今日、井嶋さんといっしょに来られてよかった。ほんと、よかったよ。ありがとう、井嶋さん」

那美子はそれだけ言うと、くるりと身体の向きをかえ足早に遠ざかる。杏里もグラウンドと那美子に背を向けた。

美穂ちゃん。

春の風がふいっと吹き付けて、杏里の髪をなびかせた。

4

『お客さまのおかけになった電話番号は、ただいま電源が入っていないか、電波の届かない場所に……』

機械的なメッセージが耳に滑り込んでくる。

杏里は携帯をポケットに押し込んだ。

美穂と連絡がつかない。

家の近くのバス停で降りる。杏里の他に乗降客はいなかった。

美穂ちゃん、どうしちゃったのよ。

心の中で美穂に語りかける。

どうして、何にも連絡してくれないの。

「井嶋」

後ろから声をかけられた。

「あ、前畑くん」

前畑久邦だった。軽く息を弾ませている。

「ミホと連絡、取れたか」

「ううん、だめ。美穂ちゃん、携帯の電源切ってるみたい」

「くそっ、何やってんだ。あいつ」

「前畑くん」

「うん?」

「美穂ちゃん……西堂、だめだったのかな」

ずっと考えていた。携帯が繋がらないということは、たぶん、美穂が自分の意思で電源を切っているのだ。まさか、入れ忘れているわけではないだろう。だとすれば……。

「西堂に落っこちたショックで、おれたちの連絡を拒否ってるってか？　いや、それはないな」

久邦があっさりと杏里の言葉を否定した、

「ミホのキャラからしたら、もし西堂の受験に失敗してたとして反対にミョーに明るいメールとか送ってくるはずだ。『あたし、撃沈。残念でーす（T_T）』みたいなの。何にも連絡しなかったら、おれらをすげえ心配させるってわかってて、黙っちゃうようなやつじゃない」

杏里は久邦を見上げる。一真もそうだけれど、このところ急に背が伸びて、顔がずいぶん高い。

「ほんとに、そうだね」

言われて見ればその通りだ。美穂は、まず自分より周りに気を配る性質だった。わざと、がさつな振る舞いや乱暴な物言いをするけれど、本当は優しくて、繊細で、気遣いの人なのだ。だから、疲れもする。脆《もろ》くもなる。

前畑くん、美穂ちゃんのことちゃんと理解しているんだ。

何となくほっとする。

美穂の傍らに久邦がいるなら、どんな状況になってもだいじょうぶだ。そんな気がする。

「でも、それなら美穂ちゃん、どうして連絡してくれないんだろう。あたしだけじゃなくて、前畑くんにも……でしょ」

「そうだな。ミホが何考えてんだか、よくわかんねえけど……でも、どこにいるかはわかる気がする。たぶん、だけど」

「ほんとに?」

「うん。あいつ、何かあると必ず行く場所があって」

「あっ」と、小さな声がもれた。

「もしかして、水鳥公園」

「ビンゴ」久邦が指を鳴らした。


美穂は池の柵《さく》にもたれ、じっと水鳥たちを見ていた。

鳥たちは、冬場に比べずいぶんと数も種類も少なくなっている。それでもまだ、何羽かの鳥たちが群れになって浮いている。

杏里たちの足音に気が付いたのか、美穂が振り向く。何か言う前に、久邦が
「この、あほっ」と声をあげた。

「何でケータイの電源、切ってんだよ」

「あ……うん、ごめん。何か一人で考え事したくて……」

美穂が目を伏せる。杏里は美穂の横に並び、春の光を弾く水面とのんびりと

水をかいている鳥たちに目をやった。

「……合格してた」

消え入りそうな声がした。久邦と顔を見合わせる。

「ミホ、今、何て言った」

久邦が身体を屈《かが》める。美穂は顔を上げ、声をいくぶん、大きくして告げた。

「あたし、西堂に受かってた」

「美穂ちゃん！　やった。うわぁ、やったね」

杏里は美穂に飛びついて、力いっぱい抱きしめる。

嬉しかった。心底、ほっとした。

美穂に会って、直接に合格の報《しら》せを聞くまでは、やはり不安だったのだ。西堂の栄養科は倍率が高く、「ま、ぶっちゃけ、あたしの成績だと合格ラインぎりぎりなんだ」と美穂自身が口にしていたのだ。

「よかったね、美穂ちゃん。ほんと、よかった」

「うん……」

美穂はちらりと杏里を見やり、また、目を伏せた。

「美穂ちゃん、どうしたの？　西堂に合格したんでしょ」

「したよ。したけど……杏里」

「うん、どうしたの？」

「これで、あたしたち、ほんとにばらばらになっちゃうよね」

美穂の口からため息がもれる。重い吐息だ。念願の高校に入学が決まった者とは、思えない。

「掲示板に自分の受験番号を見つけたときは、すごく嬉しくて、あたし、一人できゃあきゃあ騒いでたんだ。そしたら……聞こえたの」

「聞こえた？　何が？」

「ささやき声。ささやきだけどはっきり聞こえた。はっきり聞こえるように言ったんだよね。『あの子、うざいね』って」

美穂が身体を竦める。

「あたしが声のする方を見たら、三人ほどの女の子たちがこっちを見てた。あたしと目が合うとくすくす笑ったり、ぷいって横を向いたり……、その子たちも栄養科に受かったらしくて……。栄養科って一クラスしかないから、四月からああいう子たちと同じクラスになるんだって思って……杏里もカズもヒサもいない学校で……あたし、そう思ったら急に、ゆううつになっちゃった。泣きそうなぐらい気分が重くなったんだ。合格したのは嬉しいけど、嬉しいより心細くて……、やっぱ、杏里といっしょに芦藁高校を受ければよかったとか、これからどうしようとか……いろいろ考えちゃって……。気が付いたら、ここで鳥を見てた。杏里、あたし……みんなと別れちゃうの、やっぱ寂しいよ。それに、それに……高校がちょっと怖い」

美穂の声が震えた。

「美穂ちゃん」

「杏里、どうして、あたしたち高校生なんかになるんだろうね。中学生のままで、このままでいられたらよかったのに……そしたら、ずっといっしょだったのに……」

「美穂ちゃん!」

杏里は強く、美穂の手を握った。

「あたしたちが友だちなの、それぐらいのものだったの」

「え? 何のこと?」

「高校が別々になったら、もう友だちじゃなくなるの。いつもいっしょにいなくちゃ、友だちでなくなるの」

「杏里……」

「ねえ、美穂ちゃん。高校生になっても、いっぱいおしゃべりしようよ。それぞれの高校でどんなことがあったかとか、今、何に夢中になってるとか、しゃべること、いっぱいあるよ。それで、ときどきは会おうよ。一品持ちよりで、パーティしたりピクニックに行ったりしよう。学校が違うから友だちじゃなくなるなんて、そんなこと、ないよ。絶対にない。あたしは……あたしは、美穂ちゃんと別れたりしないよ。高校生になっても、高校を卒業しても、大人になっても、友だちのままだよ。美穂ちゃんは、ずっと、ずっと、あたしの大切な友だちのままなんだよ」

「そうだよ、ミホ。スタート前からびびってて、どーするよ」

久邦が美穂の頭を軽く叩くまねをする。

「どこにだって嫌なやつらはいるさ。陰口や悪口が好きなやつも、他人をいじめて喜んでる陰険なやつも、いる。けど、おまえと新しく友だちになれるやつだっているかもしれないだろうが。すげえ気が合って、ずっとしゃべっててても飽きないってやつに出逢えるかもしれないだろう。まったく、何にも始まってないのに、ぐだぐだ考えんな。でもって、最悪、周りが嫌なやつばっかだとしても、いいじゃん。おれらがいるんだから」

久邦が胸を張る。

「辛かったり、苦しかったりしたら、すぐに報せろ。おれたち、ソッコーで集まってやっから。おまえの愚痴や弱音、みーんな聞いてやるから、さ」

美穂が瞬《また》きをする。たった一粒、涙が頰を転がった。

杏里の携帯が鳴る。メールだった。

「市居くんからだよ。『ミホと連絡がつかないけど、どうしてる』だって」

美穂が指で涙をぬぐう。

「あはっ。また、みんなに心配かけちゃった。ごめん。へたれなミホちゃんで、ごめんなさい」

美穂はぺろりと舌を出すと、杏里と久邦に向かって頭を下げた。

ふいに鳥たちが飛び立つ。羽ばたきの音が辺りに響いた。

「北へ帰るのかな」

久邦が呟く。美穂がうなずいた。

「そうかもね。もう春だもの」

杏里は空を見上げ、黒い影となって遠ざかっていく鳥たちをいつまでも目で追い続けた。

桜はまだつぼみのままだ。先だけがほんのりと色付いている。入学式のころには満開になっているだろうか。

杏里は一年四組の窓からグラウンドを見ていた。さすがに今日は、運動部員たちの姿はない。

「井嶋」

一真が卒業証書を手に立っていた。

「どうしたんだ。こんなところで」

「うん。卒業式が終わったらここに来ようって決めてたの。ここからの景色をしっかり覚えておきたいから」

一真が横に並ぶ。

「井嶋」

「うん？」

「また、絵のモデル、頼めるかな」

「うん。いいよ。いつでも」

風が吹いてくる。甘い花の香りがした。

「行こうか。久邦や美穂が下で待ってる」

「うん」

一真が手を差し出す。杏里はその手を強く握り、一年四組の教室から足を踏み出した。

花の香りの風がそっと背中を押してくれた。

ここからの
風景を

まもなく四月が終わろうというのに、肌寒い。この一週間、細い雨が降ったり止んだりがずっと続いている。

うっとうしい。

すかっと晴れわたった青空が見たい。

杏里はため息を一つ吐き、窓越しに空を見上げる。窓ガラスをいく筋もの水滴が滑り落ちていた。ガラスの向こうには、灰色と黒の混ざり合った空が広がっている。

やっぱり、うっとうしい。

「こらっ、井嶋。何をぼんやりしとるか」

背後からの大声に、杏里は振り向いた。心臓が大きく鼓動を打つ。イスに座っていた身体が少し揺れた。

「……嵯峨《さが》くん」

「はは、似てただろう」

嵯峨優斗《ゆうと》がにやりと笑って、親指を立てる。

「似てるって、誰に？」

「もち、クマンチョだよ。そっくりだったよな」

クマンチョというのは芦藁高校一年四組の担任、千代野豊《ちよのゆたか》先生のニックネームだ。身長一八九センチ、体重未公開（推定九五キロ）という巨体と、くりくりした丸い眼が熊を連想させるとか。

「あんまり、似てないけど」

正直に答える。クマンチョの声はもっと太くて、よく響く。優斗が「あちゃっ」と顔を歪めた。

「すげえ似てるって評判なんだけどな」

「そうなんだ。でも、今のは……あんまり似てなかった気がする。嵯峨くん、調子が悪かったんじゃない」

「そうかぁ。じゃあ、これは」

優斗が胸を張り、鼻の孔《あな》を広げる。

「はい、みなさん。席について。ちゃんと座って。もう、高校生にもなっていちいち注意されないの。ほんとに、もう」

「あ……中川《なかがわ》先生、かな？　英語担当の……」

「当たりぃ。別名、マダム・モンク＆コゴトの中川。どう？」

「うん。千代野先生よりは似てたかも」

「その程度？」

「その程度」

優斗の表情がにわかに引き締まった。

「おれ将来、ものまねのプロになるつもりなんだ」

「え?」

「見込みあると思うか?」

「え? いや……それは」

「なぁ、井嶋の一言におれの将来がかかってんだ。よく考えて、答えてくれ」

「嵯峨くん、あの……後ろ」

「は? 後ろって……うわっ、クッ、クマンチョ」

千代野先生がのけぞった優斗の襟首をつかむ。それから、にやりと笑った。

「ほぉ、そうか。既に将来の道を決めてるのか。たいしたもんだな、嵯峨。おまえがそんなに真面目《まじめ》だったとはなぁ。見直したぞ」

「い、いや。おれはいつだって真面目じゃないですか」

「真面目なぁ。嵯峨優斗が真面目なら、柿の木に止まってるカラスでも真面目ってことになるよなぁ」

「先生、なにわけのわかんないこと言ってんですか」

「いやいや、じゃあ、わけがわかるようにじっくりと話し合おうじゃないか、嵯峨くん」

「へ?」

「職員室で、おまえの将来についてとことん語り明かそう。ホームルームが終わったら、そく、職員室集合だ。あ、それとも集合場所、校長室の方がいいか」

「うへっ、かんべんしてください」

優斗が肩を竦め、後ずさりする。

教室に笑いが広がった。

杏里はそっと息を吐き出す。

嵯峨優斗はクラスのムードメーカーだ。その場の雰囲気を盛り上げることにも、周りを笑わせることにも長《た》けている。それなのに、お調子者とか軽率とかの印象はない。頭の回転が速く、話題が豊富で、成績も運動神経も良かった。

「一種のスーパーマンだよね」

優斗のことをそう評したのは、永川那美子だ。同じ芦藁第一中学校の出身であり、今はクラスメートでもある。中学校時代、さほど仲が良かったわけではないが、同じ高校、同じクラスになり、このところよくしゃべるようになった。しゃべってみると、那美子は、口数はそう多くはないけれど、愚痴も悪口も無責任なうわさ話もしない気持ちのいい相手だった。

「スーパーマンはおおげさじゃない」

杏里が笑うと、那美子は考え込むように首を傾げた。

「でも……やっぱりスーパーマンだよ」

「そうかなあ」

「うん。そうだよ。人を笑わせるのが上手くて、学年トップの成績で、運動も得意でって、すごいよ」

那美子の頬がほんのりと赤らむ。上気した頬のまま那美子は、

「嵯峨くんに憧《あこが》れてる女子、かなりいるよ。だから井嶋さん、気を付けてね」

と続けた。

意味がわからなかった。

「気を付けてって?」

那美子の頬がさらに赤くなる。

「だって、井嶋さん……嵯峨くんとけっこう仲が良いから」

ちょっと驚いてしまった。そのときは、中庭の芝生に座り、那美子とおしゃべりしていた。伸ばした足にふれる芝の先がちくちくと痛かった。

「あたしが、嵯峨くんと?」

「そうだよ。けっこうしゃべってるでしょ」

「だって、同じ班だし……」

入学してすぐ、千代野先生はクラスを六つの班に分けた。中学のときのように挙手やくじ引き、班長の指名で決めて行くのではなく、先生が一方的（ある意味、強引）に決定した。生徒たちは、班が作れるほど互いに見知っていないのだからしかたないのだろうが、先生が班活動そのものをそう重視していないようにも思えた。その辺りも、中学のときとは違う。

「班で協力しての学習もむろん重要だが、基本はあくまで〝個人でがんばる〟、これに尽きるぞ。うちは進学校だ。きみたちは入学してきたばかりで、やっと受験から解放されたと思っているだろうが、実は、三年後の大学受験に向けて既にスタートしているわけだ。気を引き締めて、取り組んでもらいたい」

クマンチョのあだ名のとおり、巨体だけれどどこか柔らかな雰囲気のある千代野先生が、それこそ表情を引き締め告げた。

ざわついていた教室の空気がすっと静まったのを記憶している。

ああ、これが高校なのか。

杏里は思い、ちょっと身を縮めた。

千代野先生はすぐに、

「まぁ、とはいえ、楽しいこともおもしろいこともたっぷりあるからな、こう、ご期待」

と、口調も顔つきも緩め笑ったけれど、杏里は笑えなかった。

ともかく、優斗と同じ班になったのはたまたまだし、特に親しくなった覚えもない。だから、那美子の一言に驚いてしまった。

「あの、あたし、ほんとに嵯峨くんとは特に仲が良いなんてこと、ないよ。ちょこっと話をするぐらいで」

那美子が首を傾げる。

「でも、けっこう仲良く見えるよ。でも……うん、どっちかって言うと嵯峨くんの方が積極的って感じかな。井嶋さんが教室なんかで一人だと、すかさずって感じで話しかけてるもんね」

そうだろうか？

優斗は明朗で屈託のない性質らしく、誰にでも気安く話しかける。杏里だけが特別ではないと思うのだが……。

「嵯峨くんって人気者だから、井嶋さんのことやっかんでる女の子、いるみたいだし……。あの、ごめんね。変なこと言って」

那美子は口をつぐみ、ちらりと杏里を見上げた。

「でも、あたし、ちらっと聞いちゃったんだ。クラスの子……美能《みのう》さんや宍倉《ししくら》さんたちが、そんな話をしてるの……」

「あたしと嵯峨くんが仲良くしてるって？」

「……うん」

那美子の口元がもぞりと動き、言いかけた言葉を呑み込んだ。きっと、もっとひどい言葉を那美子は聞いたのだろう。

井嶋杏里って、生意気だよね。

自分がモテコだって、誤解してんじゃないの。

おとなしそうに見えて、けっこうヤリコかも。

悪意の混ざった声や会話が聞こえた気がした。

「井嶋さん、あの……ほんと、ごめんね。こんな話聞いたら、やっぱ気分悪いよね」

「ううん、ありがとう」

本気で心配しての忠告だとわかっているから、杏里も本気で礼を告げた。那美子は杏里を案じてくれているのだ。クラス内には中学校の枠を超えて、気の合うグループがいくつかできあがろうとしていた。女子は特にその動きが早い。入学式の翌日、いや当日から、携帯電話の番号やメールアドレスの交換が始まっていた。どこかのグループに所属していないと、クラスで浮いてしまう。一度、「あの子、浮いてるよね」「ちょっと変わってんじゃない」「あたしたちとは、なーんか違うってカンジ」そんな烙印《らくいん》を押されたら、なかなか消せない。

その辺りは、中学と同じだ。

那美子は、杏里が烙印を押され、クラス内で孤立しないか心配してくれたのだ。でも……。

どうすればいいのだろう。

優斗が話しかけてくるたびに、無視するわけにはいかない。それは、とても無礼なことだ。無礼な振る舞いは他人を傷つける。理不尽に人を傷つけてまで自分を守っていたら、それこそ、周りから誰もいなくなる。

ほんとうの独りぼっちになってしまう。自分のことを嫌いになってしまう。

それは嫌だった。

「よし、全員席に着け。ホームルームを始めるぞ」

千代野先生の太い声が教室に響く。

窓ガラスは水滴の筋でいっぱいだ。雨はいつのまにか止もうとしている。霧のような細雨が静かに降り注いでいた。

背中に視線を感じた。

ちくっ。

肌に僅かな痛みが走る。

杏里は息を整え、そっと振り返ってみた。斜め後ろの席に座る少女がぶいっと横を向いた。美能嘉香《よしか》だった。長身で手足がすらりと長く、目元が今売り出し中の新人女優に似ている。その嘉香が後ろから睨んできたのだ。尖った視線をぶつけてきた。

顔を戻し前を向くと、今度は優斗の視線とからまった。優斗は顔を杏里に向け、指を二本たてていた。

何のためのVサイン？

「こらぁ、嵯峨！　誰が井嶋を見ろって言った。見るのはこっち、おれの方だ」

千代野先生の一言に教室内がどっとわく。杏里は身体中が火照った。腋に汗が滲む。

「どうだ、嵯峨。井嶋よりおれの方が、かわいいだろう。魅力の笑顔だぞぉ」

千代野先生が身を乗り出し、口を横に広げた。

「いや、先生。かなり不気味っす。ショージキ、美女と野獣ぐらいの差があります」

すかさず、優斗が突っ込む。教室内の笑いはさらに大きく、さらに広がった。

杏里は顔を上げられない。

きっと熟れたリンゴみたいに真っ赤になっている。そして、嘉香も笑っていないだろう。不機嫌に口を結び、杏里の背中を見つめている気がする。うらめしい。杏里の名を出して優斗をからかった千代野先生も、優斗自身もうらめしい。できるなら、蹴飛ばしてやりたいぐらいだ。

「はい、静かに。ここからは真面目だぞ。さっきの嵯峨じゃないが自分の将来について考えてもらう。真面目に、な」

先生は、巨体には不釣り合いな素早さで、プリントを配り始めた。

「何だよ、これ」

「えー？　アンケート？」

「せんせーい、こんなの書くんですかぁ」

「何か。めんどくせぇ〜」

さまざまな声が起こる。千代野先生は知らぬふうでプリントを配り終えた。

「まず、名前。もちろん、自分の名前だぞ。他人のを書いてもしょうがないからな」

千代野先生の冗談に数人が笑った。笑い声はすぐに消えて、ため息や囁《ささや》きに変わる。

「見てのとおり。アンケートだ。まっ、みんなの意識調査ってとこだな。将来、どういう道に進みたいか。今、考えてる範囲でいいからできるだけ詳しく記入しろ」

えーとかうーとか、抗議とも悲鳴とも聞こえる声があがる。

「将来なんて、まだ、考えてません」

「おれも。頭の中、白紙状態」

千代野先生は視線を教室内に巡らせ、軽く空咳《からぜき》をした。

「普通科は、二年生になったら文系と理系に分かれる。理数科や英語科へ編入する道もある。いいか、一年後、いや、今年いっぱいには、どう進むか答えを出さなきゃならないんだぞ。先のことなんかわからないなんて暢気なこと言ってると、いいかげんなままずるずると進路を選択するはめになる。そんないいかげんなことで、受験が上手くいくわけがない。いいな、今、自分が考えられる範囲でいい。考えていないやつは、今、考えろ。誰でもない自分自身の未来だぞ。自分たちが考えなくて、どうする？　もっと、真摯《しんし》に未来に向き合えよ。よし、じゃあ、きちんと最後まで記入しろ。はい、始めて」

ざわめきが小波のように広がり、すうっと引いていく。
杏里は机の上のアンケート用紙に視線を走らせた。

1　自分の将来について具体的に考えているか
　はい　　　いいえ

2　将来進みたいと考えている分野はあるか。あれば具体的に記入しなさい。
文学、経済学、法学、福祉看護、体育、医学、薬……。

3　具体的な進学希望先があれば、記入しなさい。

シャープペンを握ったまま、用紙を見詰める。

また、ため息が出そうになった。

将来についてのアンケートというけれど、大学進学を前提にしていて他の選択肢はほとんどない。

卒業してすぐに働きたいと考えている人はどうするんだろう。二問目から何にも記入できなくなっちゃう。

そんなことをぼんやりと考えた。

杏里自身、卒業後についてほとんど何も考えていなかった。特別望む職種も、目指したい学校もない。

どうしよう。

そっと辺りを見回す。

杏里のように途方に暮れている者はいない。みんな、それぞれにシャープペンを動かしていた。

カリカリカリ。

カリカリ。

かすかなペンの音だけが響く。

胸の内に小波がたつ。不安とか不満ではなく……。

不安とか不満ではなくて……なんだろう。

杏里は青いシャープペンを握り締めた。母がペンポーチと一緒に入学祝いに買ってくれたものだ。

焦り？　孤独？　寂しさ？

あたしは、今、何を感じているのだろう。

胸をそっと押さえる。

手のひらに乳房の柔らかさと温かさ、心臓の鼓動が確かに伝わってきた。

「へぇ、入学してそうそうに進路アンケートか。さすが、進学校だね。やることが早い」

美穂が皿の上からイチゴを摘《つま》み上《あ》げる。口の中にほうりこむ。

「うーん、美味しい。露地物のイチゴって、夏が近づくとやっぱ、美味しくなるよね」

満足気に笑う。その笑顔は屈託のない、晴々したものだった。杏里にはそんなふうに見えた。

「西堂はどう？」

なにげなく聞こえるように、軽い調子でたずねてみる。

「うん。わりに……いいかも」

「ほんとに？　楽しいんだ、美穂ちゃん」

「まぁ、栄養学とかついていけない授業もけっこうあるけど。なんか数字ばっかりで、イチゴって美味しいから美味しいんで、糖度とかさビタミン含有量とかわざわざムズくしなくてもなんて思っちゃう。でも実習は◎かな」

美穂が二つ目のイチゴに手を伸ばす。さっき、母の加奈子が持って来てくれたものだ。知り合いの農家から送られてきたというイチゴは確かに美味しい。お菓子にはないあっさりとした甘さが広がる。

美穂はつい一時間ほど前、杏里の部屋にやってきた。

〈次の土曜日、遊びに行っていいかな〉

美穂からメールが届いたとき、杏里は小さく息を吐き出していた。

高校に入学してから、美穂とは一度会ったきりだった。そのときも、偶然、駅前で顔を合わせただけで、ろくに話もできないまま別れてしまった。

「どう、西堂は?」

「まだ、全然わかんない。何しても頭の中真っ白けだよ。ずっと、どきどきしっぱなし。杏里は?」

「あたしも。入学式の翌日にはもう、実力テストがあったりして。学校に慣れるヒマもないって感じ」

「ひえっ。そうなんだ。あっ、電車が来る。杏里、また、ゆっくり会おう」

「うん」

そんな短い会話を何とか交わせただけだった。

新しい環境に慣れるために、杏里は杏里なりに美穂は美穂なりに、一生懸命だったのだ。見知らぬ人たち、新しい教科、中学のときとは異なる日々。先輩たちは遥《はる》か大人に見え、同級生たちはまだ未知の人だ。もともと人とスムーズに話せるようになるのも、打ち解けるのも、時間がかかる性質だった。適当に相手に合わせて、うなずいたり笑ったりができない。そこにいない誰かのうわさ話を一緒になって言うことは、なおさらできない。

自分のことを不器用だなとつくづく思う。要領が悪くて、つい口ごもり言いたいことがちゃんと伝えられない。そのくせ、いつまでもうじうじと拘《こだわ》ってしまう。

本当に不器用だ。

でも、嫌いにはなれない。自分を嫌いにはなれない。

直さなくちゃならないところも、情けないところもいっぱいあるけれど、でも、嫌いじゃない。あたしはあたしを嫌いになったりしない。

はっきりと言える。誰でもない自分自身に向かって。

里館美穂、前畑久邦、そして市居一真。

三人は杏里にとって、大切な、かけがえのない友だちだった。美穂は西堂高校の栄養科、久邦は甲山《こうやま》高校の体育科、一真は美稜学園の芸術科に進んだ。ばらばらになったのだ。

毎日、いっしょにいなくても、それぞれの場所でがんばろう。会える時間を見つけて、また、おしゃべりしたり、一品持ちよりパーティをしたり、ただ黙って歩いたりしようね。

中学卒業の前に四人で約束した。指切りをしたわけでも、お互いに確かめ合ったわけでもない。でも、本物の約束だった。

四人で会おう。

杏里も美穂も久邦も自宅から通学している。一真だけは、遠く他県で寮生活を送っていた。

〈連休には帰るつもり。会えるのを楽しみにしてる〉

一真からのそんなメールが数日前に届いたばかりだ。

市居くんが帰ってきたら、みんなで集まりたいな。一日だけでも、半日だけでも……。それが無理なら一時間だけでもいいから、集まりたい。顔を見て、笑い合いたい。

杏里は心密かに、望んでいた。五月の総体をひかえた久邦は無理でも美穂とは相談したい。メールじゃなくて直接会って、しゃべり合いたい。

そう思っていた矢先、美穂からメールが送られてきた。

〈次の土曜日、遊びに行っていいかな〉

それだけの文面。絵文字もマークも一つもなかった。用件だけを伝えるそっけないメールだ。美穂からのメールが嬉しくないわけはないが、杏里はなぜか吐息をもらしていた。

美穂のことが気になる。

感情や思いを隠そうとすればするほど、口調も態度もメールの文面もそっけなく、ぶっきらぼうにさえなる美穂の性格を知っているからだ。気になる。

美穂ちゃん、何かあったのかな。

土曜日、約束の時間きっかりにやってきた美穂は、杏里の前で満面の笑顔になった。きゃっきゃっと声を上げ、子どものようにはしゃぎ、杏里に抱きついて来た。

「やっほーっ、杏里。久しぶり。会いたかったよぅ」

「ほんと久しぶりだね。元気だった」

「うんうん、元気、元気。今んとこ、一日も休まず通ってる。この前なんか風邪ひいちゃって鼻水ぽろぽろだったんだけど実習があったんで無理して登校したんだ。したらね」

「うん」

「先生に、即刻保健室行きって言われちゃった。でもね、笑えるのがその日の実習〝身体を温める病人食〟だったんだよ。あたしが保健室で寝てたら、クラスの子が生姜《しょうが》入りの雑炊とホットレモネード持って来てくれたの。食べたら、まじで治っちゃったよ。杏里が風邪ひいたら、あたし、作ってあげるね」

「うん。でも、実習って、なんか楽しそうだね」

「楽しい、楽しい。ほら、うちのガッコ、看護科もあるでしょ。そことの合同実習ってのが月一あるの。ちなみに来月は〝貧血予防のための簡単レシピ〟、次は〝自然食とダイエット〟だって。この授業ね、看護科の子たちといっしょに、あたしたちが授業内容やテーマを考えんの。みんなで、わいわいやるの、けっこう、いいよ」

「うん」

杏里はうなずき、目を細めた。

弱音を吐くまいとして、泣き顔を見せまいとして、わざと明るく強く振る舞う。それも、美穂の性格だった。そんな美穂が好きだけれど、あまり強がりすぎると、意地を張りすぎると、無理をしすぎるとぽきりと折れてしまわないかと心配にもなる。でも、今、目の前でしゃべっている美穂の顔つきは生き生きとして、少しの翳《かげ》りもなかった。

具合が悪いとき、雑炊を持って保健室に来てくれるクラスメートがいて、楽しい授業がある。〝うちのガッコ〟と口にできる。

美穂は今、充実した高校生活を送っているのだ。

合格発表の日、数人の女生徒の尖った雰囲気に美穂は落ち込んでいたが、杞《き》憂《ゆう》だったらしい。

でも、それなら、あのメールはなんだったんだろう。あたしの思い違い？

でも……。

杏里の表情をどうとったのか、美穂が唇をきゅっと結んだ。その唇を指で押さえる。

「あ、ごめん。あたしばっか、しゃべりすぎた?」

「ううん、聞いてて楽しいよ」

「杏里はやっぱきつい?」

首を傾げる。

きついとか辛いとかじゃない。戸惑っている。それが一番近いだろうか。自分の将来のことも、進学のことも、クラスメートたちのことも、まだ何もつかめなくて戸惑ってしまう。

嵯峨くんって、どんな人なんだろう。

美能さんとは友だちになれないんだろうか。

あたしはどんな将来を選びたいの。

思いがぐるぐると回転し、混ざり合い、杏里を戸惑わせる。確かな答えが見つからない。

でも、今は自分のことじゃなくて……。

杏里は机の上の携帯をちらりと見やった。

「ねえ、美穂ちゃん」

「うん？」

「あたしに大事な話がある？」

真っ直ぐに問うてみる。美穂には遠慮はいらなかった。相手を傷付けるのでないなら、真っ直ぐに言葉を投げることができる。

美穂が瞬きする。一度、二度、三度。

「やっぱ……わかる？」

「うん、何となくだけど。ね、何かあったの？　西堂の方、楽しそうだし、困ったことないんでしょ」

美穂が肩をすぼめる。口元がもごりと動く。

「まぁ……あたしは別に、今んとこ順調なんだけど……あの、ヒサなんだけど……」

「前畑くん？」

前畑久邦の日に焼けた笑顔が浮かぶ。

走るのが好きで、陸上が好きで、体育科に進んだ。杏里とはたまにメールをやりとりするぐらいだが、美穂とはもっと頻繁に連絡を取り合っているようだ。中学のときから、いや、杏里の知らないずっと昔――小学校、幼稚園のとき――から、二人はとても気の合った仲だった。美穂と久邦の間にあるものが、友情なのか恋愛に近い想いなのか、杏里には見当がつかないけれど、互いをちゃんと理解し信じていることだけは、わかる。

うらやましいし、微笑ましい。

あたしは……どうだろう。

そう考える度に、市居一真の顔が過ぎる。真剣にカンバスを見つめていた顔、芦葉第一中学校一年四組の教室で初めて出逢ったときの大きく目を見開いた表情、笑顔、思い詰めた眼差し、強く引き締められた口元。さまざまな一真が過ぎって行く。

あたしは市居くんと友だちなんだろうか、違う気持ちを抱いているんだろうか。

自分の胸の内なのに、はっきりと応えられない。

「ヒサね、走るのが苦しいって」

うつむいたまま美穂が呟いた。

「え？」

「高校に入って、生まれて初めて走るのが苦しいって思ったたって。できるなら、走ることから逃げたいって」

「前畑くんが、そう言ったの？」

「うん。この前会って話をしてたら……、最初はいつものヒサみたいだったんだけど、でも、あの、いつもよりしゃべりが少なくて高校の話とか全然しなくて、それで、あたし突っ込んじゃって……なによ、ガッコ、つまんないの、みたいなこと言っちゃったの」

「うん」

微かにうなずく。うなずいた後、だまって耳を傾ける。

「そしたら、ヒサ、急にまじ顔になっちゃって……。苦しいって。生まれて初めて走るのが苦しいって……」

「前畑くん、何かあったのかな」

「……どうなんだろう。ヒサ、それっきり黙っちゃって……で、何か無理して話題変えたりして……、なんか、全然、ヒサらしくなかったなぁ。別れるときも妙ににこにこしちゃって、無理やり笑ってんの見え見えで……、ずいぶん無理してるなってわかっちゃって」

あぁそうだなと杏里は美穂の横顔に目をやった。

美穂と久邦は似ている。

苦しければ苦しいほど、辛ければ辛いほど笑おうとする。

美穂は久邦の無理を見透《みす》かしていたのだ。

「あたし、気になったんだけど、どうしていいかわかんなくて。そうしたら、杏里に会いたくてたまんなくなって……。相談とかじゃなくて、杏里と話がしたくてたまんなくなったの」

「そうかぁ」

「うん。これ、たまたま知り合いに聞いたんだけど……米倉《よねくら》くんって知ってる? 三年のとき、隣のクラスでヒサと同じ陸上部員だった人。今、芦藁商業の陸上部にいるの」

「知ってる。あんまり話をしたことなかったけど」

「その米倉くんの話だと、ヒサ、甲山に入学して間もなく膝を痛めたらしいの。たいしたケガじゃなかったらしいけどその後、ずっと調子が出なくて、中学校の記録より悪いんだって」

「そう……」

「ヒサ、焦ってんじゃないかって、今までスランプとかあまり経験してなくて高校に入ったとたん、どん底って感じになっちゃったんじゃないかって……」

「米倉くんが言ったの」

「うん」

美穂が顔をあげる。泣きそうな目をしていた。

「杏里、あたし、何かできることあるかな。どうしたらヒサの力になれるかな」

「美穂ちゃん」

「あたしね、弱くて泣き虫ですぐにヘタっちゃうでしょ。でも、杏里やカズやヒサがいてくれたから、がんばれたのわかってる。特にヒサはずーっと、あたしの傍にいてくれて……いっつも、励ましてくれて……なのに、ヒサが苦しんでるとき、あたし、何にもできない。一生懸命考えたんだけど、何にも思い浮かばなくて……ねえ、杏里、あたし、どうしたらいい？」

美穂が杏里を見つめる。

杏里には何も答えられなかった。走る苦しさも喜びも辛さも楽しさも、走る者にしかわからない。

久邦は美穂だから、たった一言でも弱音を口にしたのだ。口にしたとたん、後悔しただろう。だから、笑ってごまかした。いつも以上に陽気に振る舞った。壁にぶつかってもがいている久邦を救うことなんてできない。そんなことができる者は誰もいないのだ。久邦本人以外は。

あっ、でも、でも……。

心臓が一つ、大きく鼓動を打った。

「美穂ちゃん。前畑くん、中学校のグラウンドで走ってみないかな」

「え？　一中のグラウンド？」

「うん。あたしね、一年四組の窓からグラウンドを見てること、けっこうあったの」

「ああ……そうだよね。杏里、カズのモデルになってたから、けっこう窓際に座ること多かったものね」

芦藁第一中学校一年四組は空き教室だ。その窓を背に杏里は座り、一真の絵のモデルになった。時折、視線を動かし窓から外をのぞいた。桜の木々の間からグラウンドが見えた。

野球部、サッカー部、そして陸上部。それぞれの練習風景が目に入る。生き生きとした掛け声や物音が聞こえてくる。風の音も土の匂いも感じた。

杏里は一年四組からの風景が好きだった。その風景の中に、久邦もいた。陸上部員として、黙々とグラウンドを走っていた。

「あたしには陸上なんてなんにもわからないけど、中学校のときの前畑くんって、ほんとに走るのが好きみたいだったよね。それに、すごく、きれいで」

「きれい？　ヒサが？」

「あっ、うん。あの走ってるフォームがね、すごくきれいだなって、あたしにはそう見えたんだけど」

美穂の視線がふっと空を漂った。

「そういえば、舟木先生が言ってたな。ヒサのフォームは力みがなくてきれいだって。ぴんとアイロンを当てたワイシャツみたいにすっきりしてるって」

「ね、美穂ちゃん。久しぶりに中学校に行ってみようよ。前畑くんも一緒に」

「いつ？」

「今度の日曜日じゃだめかな」

「うん……ヒサに聞いてみる。でも、来ないかもしれないけど」

「もし、無理だったら二人で行こう。それで、グラウンドの風景や匂いや音を前畑くんに伝えようよ。あたし、舟木先生に電話して許可をとっておくから」

グラウンドはここにあるよ。

あたしたちはここにいるよ。

そう伝えるだけでもいい。そんなことしか、できない。できることをまずは、やってみよう。

美穂がこくりと首を倒した。それから、杏里に向けて小さな笑顔を作った。


頭上に薄い雲が広がっている。

その雲をつきぬけて、初夏の光がグラウンドを照らしていた。

明るい、でも、真夏のように肌に突き刺さってはこなかった。

久邦が走っている。

杏里は一年四組の窓から、その姿を見ていた。グラウンドの隅、駐輪場の前には美穂が立っていた。風に吹かれながら、立っていた。

表情はわからないけれど、視線はずっと久邦を追っているだろう。

「そうか、中学校のグラウンドか」

昨夜、携帯電話の向こうで一真が呟いた。

「おれも行きたいな」

語尾がふっと沈む。

「市居くん……」

「あっ、いや、別にこっちは何にもないけど。ただ、やっぱすげえよ。全国から集まってるから、みんなすごい能力があって……正直、圧倒されることもあるけど」

「……そう」

「でも、これが高校生ってことなんだよな」

「うん」

「だいじょうぶ」

「え？」

「ヒサはだいじょうぶさ。あいつは、自分に負けちゃうようなやつじゃない」

一真の口調には本物の信頼が滲んでいた。

そうか、市居くんは前畑くんの強さを知っているんだ。

「井嶋」

「なに?」

「夏休みの課題、人物画なんだ。モデルになってくれるか」

「もちろん」

携帯を握り締め大きくうなずいていた。

もちろんだよ、市居くん。

「ありがとう」

一真の声が柔らかく耳朶《みみたぶ》を揺すった。

窓から風が吹き込んでくる。

青葉の匂いがした。
杏里は窓から少し身を乗り出してみる。
変わらぬものと移ろっていくものと。
二つのものが風の中に混ざり合っているような気がした。
あたしたちはもう中学生にはもどれない。
でも、高校生として進むことはできる。
後ろを振り返りながら、そっと前に進んで行くことはできる。
杏里は胸を張り、大きく息を吸い込んだ。
走り終えた久邦が、美穂からタオルを受け取っている。
美穂が杏里に向かって手を振った。
杏里も手を振る。
風が前髪にそっと触れて、吹き過ぎて行った。

解説

土山《つちやま》 優《ゆう》
（児童文学評論家）

「正座少女」あさのあつこ

この物語は、芦藁《あしわら》中学校へ一年の二学期に転校してきた杏里《あんり》の視点から始まる。転校の理由は母が祖母を介護するためということなのだが、それだけではなく、杏里の心中には、転校前の中学校での人間関係のなかで、いわゆる仲良しグループの人たちに同調することに限界を感じていたことも、転校を受け入れる動機のひとつになっていただろう。

いつのころからか、風潮として、集団に同調しない人は、空気を読めない人ということで揶揄《やゆ》され疎外される対象となっていた。集団＝クラスから、「浮かない」ということが、まるで鉄の掟《おきて》のようになっている。「ぼっち」（独りぼっち）にならないために、小学生から大学生まで、（あるいは社会人も主婦もそうかも知れないが）集団の中で、だれがリーダーか、どういう方向に向かっているのか、その状況を察知し、そこから逸脱することを恐れる。つまり、他人の顔色をうかがって生きているということだが、このようなテーマを扱う児童文学は、実はとても多い。

それだけ、小学生や中学生にとって、現実の集団生活に息苦しさを感じているということを示しているのではないだろうか。彼らにとって、とても重要な問題であり、共感できるテーマだということだろう。

あさのあつこは、この問題を更に突き詰めて、個々の存在、個々の価値観、その多様性を認め合うことが、なによりも大切なのだということを、じっくりと、描いたのだった。それが進研ゼミの雑誌に連載され、読者から圧倒的に支持され共感を呼び、単行本となり文庫となった。それが『明日になったら 一年四組の窓から』及びその前編『一年四組の窓から』である。

後編『明日になったら 一年四組の窓から』では、四人の少女と少年が、桜の花びらが風に舞い、青い空へと吸い込まれるような春、中三の新学期を迎えていた。いよいよ高校受験という、そう、まさにそのゴールに向けて一斉にスタートを切るときなのだ。

あさのは丁寧に、四人の少女と少年の一人一人の生活を描く。おや？ と気付いたことは、四人のうち、一人も塾へ行かず自宅で受験勉強に取り組んでいることだ。ここでもあさののサインは、受験勉強といえば塾という、横並びのステレオタイプの発想に対してNOなのである。

そして四人の選択した高校が興味深い。試験の偏差値と内申書での線引きで受験校選択なんてしませんよ、とここでも世間一般の価値観に対して、さりげなく、NOなのである。

実は、私が一番、注目をしたのは、少年の一人、前畑久邦《まえはたひさくに》である。一見、大雑把でおちゃらけっぽいキャラクターに見えるようだが、この四人の仲間のなかで、彼の存在は大きい。彼は、四人の間の糸をしっかりと握りしめ、細くなりそうな糸を何度たぐり寄せたことか。しかも仲間の性格を知り尽くしていて、一人一人との距離の取り方が、抜群に良い。なかなかに渋い役回りなのだ。決めぜりふもにくい。112ページ。何気に告白シーンは注目。

前畑久邦は陸上選手だ。スポーツ推薦で、早々と進学する高校を決めてしまうのだが、まだ受験勉強まっただなかで不安な思いでいる仲間たちに、そっと寄り添っていく。進学を決めた後も久邦は、黙々と練習を続ける。あさのあつこは、もう、まったく！　と言いたくなるくらい、ほんとに少年をカッコよく描く。「今の自分にしかできない走りと別れたくない」なんて、久邦に言わせるのだ。

しかし、スポーツ推薦というのは、なかなかに厳しいものなのだ。高校の三年間スポーツをやり続け、スキルを上げ続けることが運命づけられるのだ。自分の都合でスポーツ辞めましたとは言えない。まして怪我でスポーツができなくなると、身の置き所のない辛い思いをすることになる。これらのすべてを十五歳の少年は担う覚悟をするのである。彼は、闘い続けている。高校ではその闘いは更に熾烈《しれつ》なものとなるだろう。

そしてこのことは、久邦だけのことではない。この作品のもうひとつの大きなテーマでもあるけれども、久邦とその仲間の少年と少女たちは、それぞれが選択した場で闘い続けているのだ。

この物語の要所要所に登場して、キーパーソン的な役割を果たす里館美穂《さとだてみほ》という少女がいる。里館美穂は小学生の時、自分の意見を正直に言ったことで、女子たちから無視（シカト）されるようになり、不登校ぎみになる。

人と人との距離は、相手ごとに異なるし、近すぎても遠すぎてもいけない。ましてや、美穂は己の心の裡《うち》に秘めたものとも、闘わなくてはならない。その度に、なにを失いたくないのか、なにを守りたいのかを己に問い続けるのだ。そういう美穂は栄養科のある高校進学を希望する。美穂は自分の進むべき世界を主体的に選択する。

一真《かずま》も闘う少年だ。市居《いちい》一真は、絵を描くことを強固に反対し続けた父親と対峙《たいじ》する。そして、己の進むべく、絵を描き続ける道を選択する。

その一真が、絵が描けなくなった、自分がどんな絵を描きたいのか、わかってないんだと、ため息まじりに杏里に語る場面がある。章のタイトルにもなっている「それぞれの道を」目指すということは、周囲と闘うだけではなく、自分と闘うということだ。志に生きるということは、実は一番、きつい。一真の選択は県外の芸術系の高校受験である。合格すると芦藁から去り寮生活に入ることになる。

それで、ある日のこと、受験も済み、合否発表までの間、不安な日々を送る三人は、久邦の発案で、彼の家に集まり一人一品以上の持ちよりランチパーティをすることになった。その時、一真が持って来たのは、近所のパン屋さんから買って来た、焼きたてのクロワッサン！　&ピザ！「十五歳のガキが、買うか?」と、読んでいて思わずツッコミを入れてしまったが、実は、一真という少年は、桜の木から落下する久邦を、身を挺《てい》して救ったこともあるのだ。一真は多分とてもカッコよく清々《すがすが》しいヤツなのだ。意志の強さを感じる目力、ぎゅっと結ばれた口元。サラサラヘアーで、絶対に汗臭くも無いはずだ！

さて、杏里の場合である。冒頭に述べたように、中一の夏に、祖母と暮らすため母と、都会から地方の町、芦葉に引っ越し、芦葉中学校へ転校する。転校というのはある意味、リセット、再生という効果もある。杏里は多分、そんな心境で、芦葉中学校での生活をスタートさせたろう。芦葉中学校のユルイ雰囲気の中で、杏里は美穂と出会い、久邦と出会い、一真と出会う。

彼らとの繋《つな》がりを通して、杏里は自分という個の存在を見出《みいだ》して行く。四人はいわば「仲間」という集団といえるが、杏里からみれば、美穂、久邦、一真との関係は、個別のものであり、それぞれに大切なものである。そういうひとつひとつの大切な関係が束となって「仲間」ができあがる。お互いがしっかり尊重されていなければ成り立たないのが「仲間」だ。たとえば15ページから16ページに、「互いを気遣いながら、自分の思いを言葉にしていくことだ。自分の思いを伝えること、相手の思いに耳をかたむけること、それが、守るということだ」とある。

彼女は地元の高校の普通科に合格し、こうして四人はそれぞれの道へと一歩を踏みだす。

杏里は、礼儀正しく、揺れてもその芯はぶれない。何よりも好感を持つのは、どんなに仲良くなっても呼び捨てにしないことだ。美穂ちゃんと呼びかけ、前畑くんと呼びかけ、市居くんと呼びかける。その杏里の居住まいのありように、私はふと思い浮かぶセンテンスがあった。あさのあつこのデビュー作『ほたる館物語』文庫版に後藤竜二が後書きを寄せていて「背筋をシャンと伸ばし、強い視線でまっすぐこちらを見つめている正座少女」が、初対面のあさのあつこの印象だと書いているのだ。そうなのだ、杏里も、まさに正座少女なのだ。

この作品を読んでいて、あさのあつこの「風」の描写の素晴らしさに、感嘆した。「風」が、この物語を包み込んでいる。

風が吹く。

このセンテンスから物語が始まる。

そして、

風が前髪にそっと触れて、吹き過ぎて行った。

このセンテンスが、最後の一行。

どのような時に、どのような「風」が吹いたのか、あさのあつこは「風」に、どのような思いを託したのか。それを味わってみるのも、この作品の魅力ではないだろうか。

最後に書き記しておきたいことがある。児童文学作家あさのあつこの言葉である。

「読み手の子どもたちに対して、今の社会の中でどう生きるべきか、答えを見つけ出そうとして、あがいている自分自身を伝えていきたい。これが答えであるというのではなくて、その答えを見つけ出そうとしている姿を、物語を通して読んでほしい。という思いがあります」(『Ｂｏｏｋ＆Ｂｒｅａｄ』ＪＢＢＹ発行　Ｖｏｌ．１２３号から抜粋。ラインは筆者)

『明日になったら　一年四組の窓から』は、進研ゼミ『中三受験講座』（二〇一一年四月号～二〇一二年三月号）
に掲載されたものに書下ろしを加えました。
二〇一三年四月　光文社BOOK WITH YOU刊

光文社文庫

明日《あした》になったら　一年四組《いちねんよんくみ》の窓《まど》から

著　者　あさのあつこ

2016年4月20日　初版1刷発行

発行者　鈴　木　広　和
印　刷　萩　原　印　刷
製　本　ナショナル製本

発行所　株式会社　光　文　社
〒112-8011　東京都文京区音羽1-16-6
電話（03）5395-8149　編　集　部
8116　書籍販売部
8125　業　務　部

ISBN978-4-334-77281-9　Printed in Japan

組版　萩原印刷

お願い　光文社文庫をお読みになって、いかがでございましたか。「読後の感想」を編集部あてに、ぜひお送りください。

　このほか光文社文庫では、どんな本をお読みになりましたか。これから、どういう本をご希望ですか。

　どの本も、誤植がないようつとめていますが、もしお気づきの点がございましたら、お教えください。ご職業、ご年齢などもお書きそえいただければ幸いです。当社の規定により本来の目的以外に使用せず、大切に扱わせていただきます。

光文社文庫編集部